集英社オレンジ文庫

# おひれさま

## ～人魚の島の瑠璃の婚礼～

高山ちあき

本書は書き下ろしです。

目次

イラスト／東原さき

おひれさま
〜人魚の島の瑠璃の婚礼〜

その美しい島には瑠璃ヶ浜《るりがはま》と呼ばれる秘密の入り江があって、ひとの顔を持つ瑠璃色の鰭《ひれ》の魚が棲《す》んでいた。

郷土史によると体長五十~八十センチ、重さは十~十五キロほど。歯はキザキザで背びれや水かきがついている。月の明るい夜などには、海面に浮かんだり岩の上に横になってくつろいでいる。その肉は不老長寿《ふろうちょうじゅ》の効果を秘めていた。

〈おひれさま〉と呼ばれるそれは人魚であった。

海は神の領分であり、海鳴りや津波、海難事故などは海神《わたつみ》の使いである人魚の仕業《しわざ》だと考えられた。

祟《たた》りを恐れた島のひとびとは、島守《しまもり》という役目をもうけ、四半世紀に一度、海に生贄《いけにえ》を捧げるようになったという。

# 第一章

# 島守の娘

# 1.

二十二歳の夏、小中学校時代の同級生だった遠野《とおの》さつきが死んだ。

勤め先のひとたちと飲んだ帰りにひとりで浜に向かい、海で溺死《できし》したのだという。

佐原柚希《さはらゆずき》は葬儀に参列するため、予定していた帰省《きせい》を数日早め、故郷の天沼島《あまぬまじま》に向かった。

天沼島は、高知県沖にある面積約20平方キロメートル弱、周囲32キロほどの大きさの、瑠璃色の外海に囲まれた離島である。

乗客のまばらなフェリーが、さきほどから美しい航跡を描きながら海原《うなばら》を進んでいる。この定期船が天沼島と本土をつなぐゆいいつの交通機関だ。島の人口は1500人程度で、島には中学校までしかないため、柚希はこの船で本土の高校に通った。

子供のころから絵が得意だったので、中学時代は本土にある画塾に通って絵の勉強をし、現在は京都の美大に在籍している。

今日は下宿先から朝一番の電車を乗り継いで高知県の宿毛《すくも》まで行き、そのあと船に乗り換えた。

　前方には緑の木々に覆《おお》われた天沼島が見えている。

　島ではアジ、サバ、イワシ、カツオなどの大衆魚をはじめ、さまざまな魚介類が水揚《みずあ》げされる。

　郷土史にはかつて、断崖《だんがい》に囲まれた島の東側の小さな入り江・瑠璃ヶ浜《るりがはま》に人魚が棲息《せいそく》しており、島民がそれを食していたと記されている。

　入り江には極めて小さな離れ島があり、おひれさまの眠る祠《ほこら》がある。

　おひれさまとは、島に恵みをもたらすと言われている地主神だ。漢字で表記すると御鰭様で、人魚の別称でもある。魚介類を乱獲《らんかく》したり、祠の手入れをおろそかにすると島に祟りが起きるという古い言い伝えがある。

　人魚は現在も島民のあいだではしばしば目撃情報があるが、巨大魚イシナギの尻尾《しっぽ》だったとか、漂流物にわかめが絡んでいたなどとあいまいなもので、ほぼ伝説状態だ。

　だが、ごく一部のひとびとは知っている。

　人魚はいまも実在していて、かつて網元《あみもと》であった高階《たかしな》家に網子として仕えた十四家の漁師だけが、ひそかに人魚の捕獲を行っているのだ。

　十四家の子たちは、人魚漁についてはなんとなく知っているものの真偽は定かでなく、おひれさまの祟りを恐れて他言はいっさいしないし、仲間どうしでわざわざ口にすることもまずない。緘口令《かんこうれい》が敷かれているような状態だった。

フェリーから降りたとたん、潮の香りが強くなった。

乾ききったコンクリートを、キャスター付きの旅行鞄《りょこうかばん》を引きながらとぼとぼと歩く。決して時間に余裕があるわけでもないのだが、照りつける太陽のせいもあって足取りは重かった。

乗船客は島の住人か、もしくは商売がらみの者だけだ。島には民宿を営《いとな》む家が二件しかなく、観光地化もされていないため旅行者はほぼいない。鄙《ひな》びた閉鎖的な孤島だと帰省のたびに思う。

京都市内でひとり暮らしをはじめてから三年半たつが、里帰りは盆と正月しかしていない。母はさびしがったが、用もないのに帰りたくなかった。今回も、もともとは大学で出された演習課題をこなすのがメインの帰郷だ。

柚希はこの島が嫌いだった。島に降り立つたび、幼少期に見た、とある血腥《ちなまぐさ》い記憶が呼び覚まされて不快な気持ちになる。それに島のひとびとを支配している古めかしい因習もいやだった。

天沼島には島守《しまもり》という独特のしきたりがある。

二十五年ごとのあたり年に生まれた子供のなかから一組の男女が選ばれて許嫁《いいなずけ》となり

（守子《もりこ》と呼ばれる）、婚姻と同時にお役目を継いでふたりで島を守っていくというものだ。

具体的な仕事は祭祀《さいし》の主催や、瑠璃ヶ浜にあるおひれさまの祠の管理だが、現在は神社と共同で行っている。

従わなければおひれさまの祟りが起きると言い伝えられ、代々、古めかしい海の祭祀とともに継承されてきた。

そして今年の夏、納涼祭《のうりょうさい》と同時に島守の婚礼の儀がとりおこなわれることになっている。時代の流れもあって、今回の婚礼はかたちだけのものになったが、実は柚希がその花嫁役として選びだされた守子なのだ。


さつきの葬儀は、午前十時からの予定だった。

実家に着いた柚希は、荷物もろくに解かずに早々に参列の準備にとりかかった。二十歳《はたち》のときに誂《あつら》えてもらった、新品の喪服《もふく》に袖《そで》を通す。

急な不幸にそなえて用意したが、まさかはじめて着るのが友人の葬儀になるとは思わなかった。

『さつきちゃんが亡くなったと、急いで帰ってきいや』

数日前、実家の母から電話が来たときは驚きのあまり言葉が出てこなかった。

実はさつきとは連絡をとりあったばかりだった。彼女が亡くなったのが七月二十四日で、その、ほんの二日ほど前にＳＮＳにメッセージが入った。


『ゆず、ひさしぶり』

『ひさしぶり、元気にしてた？』

『元気だよ。夏休み、こっち帰ってくる？』

『月末に帰る予定だよ。守子の準備あるし』

『わかった。帰ったら連絡ちょうだい。いいかげん本返さんと』

『あーあれね、結局まださつきが持ってるんだっけ。そっち着いたら連絡するね』

『了解。またね』


成人式の日に島で会って以来だったが、それが最後のやりとりになった。

文字での会話にすぎないものの、不審な点はない。ただ、この程度の用事でわざわざ連絡をくれたくらいだから、かなり会いたかったのではないかと、いまになって思う。

死の報せをもらった夜は、ほとんど眠れなかった。彼女の死に自分が関わっているような気がしてならなかったからだ。胸がさわぎ、輾転反側《てんてんはんそく》して寝苦しい夜をすごした。

喪服に身を包み、母からゆずり受けた白い真珠《しんじゅ》の首飾りをつけると、妙に大人びた気持ちになった。

「ええやない、よう似合《にお》うて。ゆずもこういう恰好《かっこう》がサマになる年頃になったがやねえ」

様子を見に来た母が、鏡に映った自分をしみじみと見つめた。

「やめてよ、晴れ姿やないんやから」

呆《あき》れて笑いも出なかった。さつきの死など、母にとってはしょせん他人事《ひとごと》なのだろうか。

母はこの島で生まれ、この島で育ち、おなじく島民である漁師の父と結婚した。

他人との衝突を嫌い、たとえ自分に非がなくともとにかく謝って、ことを丸くおさめようとする。保守的で常に世間体《せけんてい》を気にしてばかりいるひとだ。きっとこれからも島を出ることなく生涯《しょうがい》を終えるのだろう。

それでも美術の才能だけは認めてくれて、希望すれば画塾に通わせてくれた。関西での暮らしぶりにもよく耳を傾けてくれるから、若いころは心のどこかで外の世界を夢見ていたのかもしれないとひそかに思っている。

柚希が島を出るのに最後まで反対したのは父だった。

反対されるのがわかっていたから、行きたいという願望ではなく、行くという決定事項として伝えた。

『うち、京都の美大に行くきね』

そう告げた夜。父はなんの寝言《ねごと》かと目をぱちくりさせていた。

島守の相手と結婚させるつもりだった父にとっては寝耳に水だっただろう。

毎年、進学や就職を機に半分くらいの若者が島を出ていくが、彼らを異端視する風潮はいまだに根強く残っている。故郷を捨てた薄情者だと、漁猟《ぎょりょう》中の談話や酒の席で冗談まじりにののしられたりするのだ。

おまけに柚希は守子だ。はなから島の外に出す気などなかったのにちがいない。

あの夜、父と母は口論になった。父は、娘を勝手に画塾に入れた母をひさびさに責めていたようだった。

そして急遽《きゅうきょ》、帰郷した今日、父は漁に出ていて不在だった。


葬儀は、市街地の一角にある葬儀会館でおこなわれた。

家から歩ける距離ではあったけれど、暑くなりはじめていたので母が車で送ってくれた。

母はお通夜《つや》に出席済みだったので、葬儀には参加しなかった。

海育ちにもかかわらず、柚希は暑さに弱かった。小学校のころ、炎天下で朝礼が行われたり、長時間活動したりするとしばしば倒れた。日焼けすれば、すぐに肌が真っ赤に腫《は》れて、ひどいときは水ぶくれができる。だからフードのついた日除けの上着や日焼けどめは欠かせなかった。いまも夏は嫌いだ。

途中、同級生の細井真莉《ほそいまり》を拾って、母の運転で一緒に会場に向かった。

真莉は、柚希が島でゆいいつ悩みをうちあけられる親友だ。中学を卒業してから本土の商業高校に通い、現在は島の給食センターに勤務している。

お互いおとなしい性格だが、真莉はおっとりおおらかなタイプで、その懐《ふところ》の深い感じが柚希は好きだった。

「ゆずちゃん、ひさしぶり」

喪服姿の真莉は目新しかった。うち太いから、といつも足を出したがらない彼女は、今回もパンツスタイルだった。

「ひさしぶり、真莉ちゃん、顔が焼けたね」

小麦色とまではいかないが、より健康的な肌色になった。

「うん。最近、毎日陽射し強いきね。でも、めんどうくさくて紫外線対策さぼりがち……。ゆずちゃんは今朝、帰ったばかりやろ。すごくバタバタしたがやない？」

「うん。朝イチの電車乗り継いで帰ってきた。四時半起き」

前日に帰りたかったが、バイトがあって身動きとれなかったのだ。

「はやーい。……やけど、午前のフェリー逃したらあとは夕方の便しかないもんね」

真莉は苦笑した。

「そうそう。今日はさすがに遅れるわけにはいかんから頑張ったよ」

柚希が肩をすくめると、真莉も表情をくもらせた。

「さつきがこんなことになってしもうて、ほんとにびっくりだよね」

「うん」

「昨日、お通夜の帰りに詳しゅう聞いたがやけどね、さつきはその日、仕事先の送別会があって、〈魚蔵《うおくら》〉で飲んだあと家には帰らんかったみたい」

「〈魚蔵〉……香帆《かほ》んとこのお店？」

同級生がやっている居酒屋だ。

「うん。死因は海水が肺に入ったからやって。溺死《できし》やね。酔いざましのために浜に行って、そこで波にさらわれてしもうたんやないかって。泳げるけど、お酒飲んでたみたいやきね」

「酔ってひとりで海に行ったの？」

「仕事仲間がそう証言したがやと。浜におりてくのを見たって。潮風にあたって、なにか考えごとしたかったがかもね」

「どのくらい酔ってたんやろ。さつきはお酒に強かったっけ?」

「弱いほうやったよ。チューハイ二杯くらいで眠なるって。血液からは、たしかにアルコールが検出されたみたい。……なんか、自殺言うてるひともいるみたいやけど」

「うん……、それはお母さんとも話した」

もしそうならかなしいねと。

こうして面とむかって仲間と事実を共有しあうと、徐々にさつきの死が現実味をおびてくる。彼女はたしかに死んでしまったのだ。

葬儀場の出入り口付近で、いきなり年配のおじさんが声をかけてきた。ヤニだらけの歯と赤銅《しゃくどう》色の肌。太く吊り上がった眉《まゆ》には見覚えがある。十四家の漁師のひとりだった。

「佐原さんとこのゆずちゃんやね?」

無遠慮《ぶえんりょ》に顔をのぞきこみ、じろじろと眺めまわしてくる。

これだ。柚希がきもちわるいと思うもの。昔からよくあびせられた。おまえのことなど、赤子の頃から今日までのすべてを知り尽くしている。そういうまなざし。

事実、そのとおりだったのだろう。島の年寄りたちは、だれがどこの家に生まれた子で、どういう顔立ちと性格なのかまできっちり把握《はあく》していた。守子であった柚希は、とりわけよく観察されていたはずだ。

「はい」

柚希は愛想笑いで頷《うなず》いていた。

「もうじき大祭やけんど、儀式の準備はすすんじゅうかね？」

「はい」

問いかけるふりで、実は圧をかけている。柚希が守子だと知っていて、ちゃんと結婚しろよと念を押しているのだ。

島の人間、とくに昔から漁業を営《いとな》んでいる十四家のひとびとは、みな固く結束している。といっても決していい意味ばかりでもなく、お互いがお互いを見えない鎖で束縛《そくばく》しあい、足抜けを許さないような独特の雰囲気《ふんいき》があるのだ。

もちろん柚希の父も一員だから、娘である自分もそれなりに愛想よくふるまわねばならない。佐原家の面子《めんつ》のために笑いたくもないのに笑う。そういう自分が、島の濃密な人間関係に呑《の》み込まれるようで不快だった。

この島には、どろどろした因縁《いんねん》の靄《もや》みたいなものが常にそこかしこに漂っている。

それはおひれさまを信仰する島民が吐く息でできている。彼らが互いに抱いている妬《ねた》みや嫉《そね》みや欲望などの、負の感情から生まれているのだ。

真莉が小声で耳打ちしてきた。

「みんな、ゆずちゃんは翔真《しょうま》くんと結婚するがやって本気で思い込んじゅうみたいよ」

翔真というのは、島守の夫役に選ばれた同じ年の男子だ。十四家のひとつである天谷《あまがい》家の長男で、本人も家業を継いで漁師をやっている。

「そうなの？」

柚希は眉をひそめた。

柚希と翔真は八歳のときに許嫁《いいなずけ》同士になったが、十五歳になったときに本人同士も含めて話し合いがおこなわれ、島守の婚礼は儀式だけで、実際に結婚まではしなくていいという取り決めになった。

「うん、うちのパパも誤解しちょったき、ゆずたちは結婚なんかせんよって言っといたけど、ぜんぜん信じてないみたい」

細井家も十四家のひとつで、真莉の父親も当然、漁師である。

「かたちだけって決まったはずなのにどうして。……そんなの困るよ」

島の人間のほとんどが、ふたりが実際に結婚すると思っているのだとしたら――。

受付で香典《こうでん》を渡しながら、柚希はにわかに気が重くなるのを感じた。

遺影のさつきは美しかった。

意志の強そうな大きな瞳と、口元にかすかに浮かんだ余裕のあるほほえみが彼女らしくて、なつかしさがこみあげた。

遺影を取り囲むように、純白の百合《ゆり》や白薔薇《しろばら》が惜しみなく飾られている。若すぎる死のかなしみを癒《い》やすかのような豪華な花祭壇《はなさいだん》だった。

映画やドラマでもよく観る光景だが、遺影やまわりにいる喪服《もふく》に身を包んだひとびとは知っている顔も多い。だから、これはたしかに現実の出来事なのだと真新しい数珠《じゅず》を握りしめながら思った。

さつきは、自分とおなじように島を嫌っている、たったひとりの仲間だった。

小学校五年の春、彼女がこの島に転校してきた日のことを、いまでもほんとうによくおぼえている。

遠野さつき。

先生が黒板にそう名前を書いて、彼女はほとんど無表情のままおじぎをした。

本土の施設で育った彼女は、幼稚な島の子供たちとはあきらかに違っていた。細身で手足がすらりと長く、目鼻立ちも美しく整っていて、いち早く子供らしさを失いはじめていた。

子供たちの多くが、さつきが施設育ちであることを事前に知っていた。親たちが噂《うわさ》を仕入れていたからだ。

本土のどこから来たの？

そのピン留め、かわいいね。どこで買《こ》うたの？

お母さん、島守やろ。毎日、神社にお参りしゆうってほんとう？

休み時間になると、彼女と友達になりたい子たちが集まり、よってたかって質問攻めにした。

島守――そう、さつきの両親は島守だった。養母の遠野祥子《しょうこ》は、きれいだけど少し風変りなひとだった。心の病《やまい》にかかっているのだという。守子の柚希にとっては、大人たちのなかで最も気になる存在だった。

さあ。

知らない。

そうなんじゃない。

さつきはどの質問にもすました標準語でそっけなく答え、頬杖《ほおづえ》をついて窓の外に視線をうつした。心底どうでもよさそうだった。

そしてその日のうちに、みんなが彼女をよそ者として排除する側に回ったのがわかった。転入からひと月がたっても、さつきはひとりだった。養護施設から貰《もら》われた子であるという事実が、本人のそっけない態度のせいで悪いほうに解釈され、だれも彼女に近づかなくなったからだ。養母の病の影響もあったかもしれない。

本人は、まわりの嫌みや陰口やおせっかいにはまったく動じていなかった。どうしてひとりでも平気でいられるのか。柚希は強い彼女が羨《うらや》ましかったものだ。

小学校六年生の始業式の日、そんな彼女から、浜で遊んだ帰りにいきなり声をかけられた。

突堤《とってい》で、近所の女の子たちとペーパードールの着せ替えの交換をしていたのだが、ビニールポーチのひとつを置き忘れたのでひとりで取りに戻ったところだった。

『これでしょ』

きょろきょろしていると、背後から突然さつきがあらわれて、手渡してくれた。

『あ、ありがとう』

彼女もまだランドセルを背負っていた。どこかで見ていたのだろうか。

『あんた、島守にならなきゃいけないんでしょ』

『うん』

『かわいそ。うちのママも苦労してるよ』

さつきは苦いものを食べたときのような顔をしていた。

同情してくれているのだろうか。さつきが自分に話しかけてきた理由がなんとなくわかってきた。

さつきは手にしていた白くて細い紙の棒を咥《くわ》えた。たばこだった。

『たばこ吸うの？』

『洋吉丸《ようきちまる》のおじさんにもらったの。いけない？』

潮風になびく長い髪を押さえて答えた。

『からだに悪いっていうき……』

学校ではだれとも群れないくせに、年上の男の子や大人には自分から絡んでいるのが不思議だった。

『心配してくれるの？』

長い睫毛《まつげ》に縁どられたきれいな瞳でじっと見つめられ、どきりとした。

『うん、まあ』

目をそらし、あいまいにうなずくと、

『だいじょうぶでしょ。洋吉丸のじじいはみんな吸ってるし、江戸時代なんか子供でも吸ってたんだから』

『そんな小さい子でも吸っちゅうが？』

『うん。本で読んだ』

『本、好き？』

『うん、好き。あんたも本、好きでしょ。よく図書館で見かけるもん』

柚希が探しているのはイラスト関連の本だ。島の近所の小さな本屋には並んでいないし、ネットで買ってもらうにしても高かったから、時間を見つけては図書館でこっそり眺めていた。

『さつきはどんな本を読みゆう？』

『海流の中の島々』

当時の自分は聞いたことのない題名だった。

『おもしろい？』

『ぜんぜん』

なら、なぜ読んでいるのだろう。

さつきは、たばこが実はシガレットチョコであることを明かしてから、一緒に帰ろうと言ってきた。そういえば、火をつけたのを見ていないし、煙も出ていない。

　その日、はじめて一緒に下校することになった。

『この島が大嫌い』

　帰り道、彼女は突堤のコンクリートの上に落ちていた橙色《だいだいいろ》の魚をかたどったルアーを思いきり海に蹴飛《けと》ばして言った。

　島を嫌いだと、堂々と宣言する子ははじめてだった。

　思いがけずうれしくなって、

『うちも嫌い』

　さつきを真似《まね》て釣り糸の屑《くず》を踏みつけ、思いきり蹴飛ばした。

　するとさつきは一瞬目を丸くしたが、そのあと声をたてて笑った。

　つられて柚希も笑った。なにがおかしいのかよくわからなかったが、愉快なのはたしかだった。

　以来、さつきはときどき気まぐれに柚希と真莉の中に入ってくるようになった。

真莉はもともとひとを差別するタイプではなかったから、さつきを快《こころよ》く受け入れた。三人で遊ぶのは楽しかった。

『あの子は問題児ちゃ、あそばんとき』と、香帆が何度もおせっかいをやいてきたが、つきあいは高校を卒業して柚希が島を出るまでずっと続いた。

進路に迷っている自分の背中を、一番はじめに押してくれたのもさつきだった。

『ゆずは出なよ、こんな島。そんで、二度と帰ってこないほうがいい』

中二の納涼祭《のうりょうさい》の夜、篝火《かがりび》が燃える瑠璃ヶ浜で、黒々とした沖を見つめてそう言った。

この場合の島を出るとは、学業や出稼《でかせ》ぎのために一時的に家を出るのではなく、本籍地を変えて、もう二度と島には住まないことを意味している。

なにか警告めいた言い方だった。それがむずかしいことをわかっていて、声や表情に苛《いら》立《だ》ちや焦燥《しょうそう》を滲《にじ》ませているようだった。

さつきはなぜ、あの若さで死なねばならなかったのだろう。

理屈ではわかっていても、気持ちがついてこなかった。まだ若いのに、ひとがこんなにもある日とつぜんに、あっけなく生涯《しょうがい》を閉じてしまうのが信じられない。

自分の中でまだ、さつきは生きているのだ。

## 2.

葬儀の会場内には、同級生も多くいた。

成人して間もない自分たちにとって、同級生の死は衝撃だった。数少ない故郷の仲間がひとりいなくなる、それもみずから命を断ったかもしれないというのだからなおさらだ。だれもが胸のざわつきを隠せずにいた。

同級生のうちで、一番はじめに目についたのは守子の許嫁《いいなずけ》の天谷翔真だった。漁師らしく日に焼けた肌に、はっきりとした目鼻立ち。上背《うわぜい》もあって堂々としていて、よくいえば男らしい風貌《ふうぼう》のひとだ。

幼少期から陽気な人気者で、常にみんなの中心にいないと気がすまない目立ちたがり屋だった。

自分とは真逆の属性を持つ翔真のことは、なんとなく苦手だった。

小学三年の春、その彼が島守の相手に選ばれたと知ったときはショックが大きすぎて食事が喉《のど》を通らなかったくらいだ。

守子のお披露目があってしばらくは、当然まわりからからかわれ、彼を好きだった一部

変わらないだろう。

の女子からは軽いいじめも受けた。苦手意識は深まるばかりだった。

二十歳《はたち》を過ぎたいまも、翔真にはどことなくやんちゃな印象がある。馬が合わないのは変わらないだろう。


「ひさしぶり」

目が合うと、彼のほうからそれだけ言ってすれちがう。会うのは成人式以来だ。

そっけないといえばそっけないが、もともと友達でもなんでもない。ただ守子という肩書だけを共有している者同士にすぎない。

柚希もあわてて「ひさしぶり」と返す。こっちもほとんど表情は変えないままだ。われながら他人行儀《たにんぎょうぎ》だと思う。

でも、挨拶《あいさつ》をかわしあうだけ大人になった。昔はお互い避けて歩き、目も合わせなかったのだから。

翔真のうしろに高階明人《たかしなあきと》もいた。翔真と並ぶくらいの背丈で、ふたりは仲もいいが、翔真とは対照的に涼やかで理知的な雰囲気《ふんいき》のひとだ。

高階家は資産家で、代々人魚の漁業権を受け継いできた網元《あみもと》だった。けれど明人の祖父の代で廃業したため、網子として仕えていた十四家の漁師たちはそれを機に独立して漁業組合に名を連ねることになった。柚希の家もそのひとつだ。

すれ違い際に、明人と目が合った。

目元をかすかにゆるませ、軽く会釈《えしゃく》してくる。賢くて優秀で、力の抜き方もなにもかも知りつくしていそうな成熟したまなざし。

つられて柚希も淡くほほえみ、挨拶を返す。ほんの数秒のあいだのやりとりだったが、このときばかりは胸の鼓動が速くなり、さつきの死を忘れた。

柚希は、明人のことが好きだった。


慣れない焼香《しょうこう》をすませ、さつきの両親に頭をさげてから席に戻った。

全員が順番に焼香を終えて、最後のひとりがしずしずと席に戻ったところで、突如、だれかが笑いだした。

はじめ、喉の奥でくつくつと笑っているようだったのが、だんだん堪えきれなくなり大きくなっていった。

笑っているのは喪主《もしゅ》であるさつきの養父のとなりに座っている女性——養母の祥子だった。老けていても美しい。昔からどこか浮世ばなれして見えて、洋館に住んでいる年老いたお姫さまみたいだと子供心に思っていた。

（いきなりどうしたの……？）

故人を偲《しの》んで泣くのがふつうの葬儀で、笑い声がするのはあまりにも異様だった。哄笑《こうしょう》というほどでもないが、なにかツボに入ったように高らかに笑い続けるので、みなの視線はいやおうなしに集まる。

読経《どきょう》は笑いを無視して続けられた。

笑い声が読経と一体化して、ある種、常軌を逸した雰囲気を醸《かも》しだしている。

あとから真莉から聞いたが、祥子はあいかわらず心が不安定なのだそうだ。

ふだんは家で療養しているが、ときどきふらりと道端にあらわれて、出会ったひとに笑いかけたり、ひとりで子供のように無邪気にはしゃいだりすることがある。

その昔、親しくしていた友人を亡くしたころから様子がおかしくなったそうだ。

本土の養護施設からさつきを迎えたのは、一人目の子は死産で、その後、子宝に恵まれなかったためだと聞いた。その養女まで、この夏に亡くなってしまった。

気の毒だと同情する気持ちと、他人事《ひとごと》と割りきれない恐ろしさがあった。

島のために決められた相手と結婚をして、挙句《あげく》にあんなふうになるのだとしたら――。

となりに座っていた同世代の留袖《とめそで》の女性が肩を抱いてなだめると、笑い声は止んだ。

女性は天沼神社の娘で、いまは嫁《とつ》いで島の診療所で看護師をやっている夏美《なつみ》だ。手慣れた感じで祥子をあやし、外に連れだす。

騒ぎにならないのは、祥子のことを参列者のほとんどが知っているからだ。みな読経とともに聞き流し、連れ出されてゆく彼女には見向きもしない。

（えっ？）

去り際に、祥子がほんの一瞬だけこちらを見た。

目が合ったのでびくりとした。

けれどふっとそらし、夏美に連れられて出ていってしまう。

偶然だろうか。いや、あきらかに柚希を見た。なにかを訴えかけるような悲愴《ひそう》なまなざしだった。

（どうして……？）

さつきの友達だったから。それとも守子だからだろうか。

笑っているのにかなしそうなその表情は、やけにあざやかに脳裡《のうり》に焼きついて柚希を不安にさせた。

読経が終わると、近しいひとたちの手で花入れがおこなわれた。

養父が柚希たちにも「ひと目見てやってください」と花入れをすすめてきた。

同級生の板倉《いたくら》香帆が、花を手にしたとたん、さめざめと泣き出した。

香帆は焼香のときから鼻を啜《すす》っていた。

（昔、さつきとは水と油やったのに……）

もともと香帆は、卒業式などで率先《そっせん》して涙を流すような感情表現の豊かな子だった。赤ちゃんや動物を見れば、かわいいかわいいと過剰《かじょう》なほどにはしゃぐ。そこは相手の期待に応えられる長所ともいえるが、とにかく今日も、同級生の葬儀という状況にあわせて盛って泣いているふうに見えなくもなかった。

香帆は浜辺の居酒屋〈魚蔵〉の娘で、幼少期から大人たちにもハキハキとものが言える活発な子だった。勉強も運動もよくできた。八歳で母親――このひとがさつきの母の親友だった――を亡くしているせいもあるだろう。勝気なところもあって、男子たち、とくに翔真とは仲良く喧嘩《けんか》していた。

帰る方向がおなじだったため、小学校時代はいつも香帆と真莉の三人で下校していた。子供というのはそれほど性格があわなくとも近所同士というだけでつるんでいるものだ。

なにもかもひたすらに隠しておとなしく集団生活を送る自分にとっては、指図やおせっかいをして自分の前を歩く彼女はまぶしくもあり、厭《いと》わしくもある存在だった。

香帆みたいに明るい子がいるから、自分のような人間は隅に追いやられて日陰者になってしまうのではないか。当時、未熟だった柚希は、彼女の世話好きな面に何度か助けられてきたのにもかかわらず、そんな卑屈《ひくつ》な疑問をもって彼女を見ていた。

彼女の人柄がうらやましかったのだと、いまなら素直に思えるのだが。

さつきとは、成人式ではふつうに仲良くしゃべっていたから、柚希が島を出たあと、島に残った者同士であらたな関係を築いたのかもしれない。

それに柚希自身も香帆との距離は縮まっていて、力関係が昔とは変わったのを肌で感じていた。もう彼女はこっちに指図してこないし、こっちは彼女の言動に憧れたり、怯《おび》えることは二度とないのだと。

みんな、お互いに大人になったのだろう。

柚希は棺《ひつぎ》の中のさつきを見ても号泣はしなかった。さつきはもう決して昔ほど身近な存在ではなかったし、ひとまえで泣く行為そのものに抵抗があった。

ただ、死《し》に化粧《げしょう》のほどこされたさつきの白い顔を見た瞬間、かなしみが急に深くなった。なめらかな頬《ほお》に、白薔薇《しろばら》の花びらがふれている。

いつだったか、学校帰りにさつきと真莉の三人で、浜辺に咲いた白い昼顔を耳にかざって遊んだことがあった。ハワイアンみたいだと笑いながら、いつか一緒に海外に旅行しようと。突堤の端にならんではしゃぎながら、まだ見えない将来のとりとめのない話をしたものだ。

――島を出なよ。

迷うたびに、くりかえし勧めてくれたさつきの、あたたかで、どこかさびしげなまなざしがよみがえる。

香帆だけでなく真莉も隣ですすり泣くから、まなじりに涙が滲《にじ》んだ。目の奥がじわじわと熱くなって、少しのあいだ泣いたと思う。

さつきは自分になにを伝えようとしていたのだろう。

恨みごととか、懺悔《ざんげ》とか、そういう類《たぐい》ではない気がした。昔から、なぜか自分を気にかけてくれた彼女だから。

ほんとうに死んでしまったのだろうか。

まだ、目の前の事実がまぼろしのような感覚がある。本物のさつきはまだどこかでひそかに生きていて、あの日、伝えるはずだったことを耳にささやいてくれそうな――。

さつき、どうしてわたしに会いたかったの？

その理由を解きあかすことができたら、死を受け入れられるのかもしれない。

# 3.

　さつきの遺体を乗せた黒塗りの霊柩車《れいきゅうしゃ》を見送って、葬儀は終わった。

　朝方晴れていた空はいつのまにか雲に覆《おお》いつくされていて、陽射しがないぶんいつもより涼しかった。

　駐車場に残った同級生たちはふだんどおりの明るい声で話しはじめ、一気に同窓会めいた雰囲気《ふんいき》になった。

　柚希は真莉とその様子を遠巻きに眺めていた。輪の中には入れないし、入りたいとも思わない。昔と変わらない自分の立ち位置をふがいなく思う一方で、妙な安堵《あんど》もあった。

「翔真くんはあいかわらず声がでこうて元気やねえ」

　真莉が呑気《のんき》につぶやく。

「漁師になって、いっそう大きくなったね」

「甲板じゃエンジン音がうるそうて声はりあげるもんね」

　結局、彼とはもう口をきかなさそうだ。祭祀《さいし》も近くなって、さすがに島守に関しての話し合いをするべきだろうに。参列前から変に緊張して構えていたが、損した気分だった。

こうなってくると島守のならわしなどどうでもよくなり、悩むのがばからしくなってくる。

柚希は遠巻きに同級生を眺めるふりをして、ほとんど明人しか見なくなった。

黒い喪服《もふく》に、涼やかに整った目鼻立ちが映えている。一見、まじめで礼儀《れいぎ》正しい雰囲気だが、どこかいたずら好きの少年ぽさも残している。

明人に抱く色のイメージはいつも青だ。瑠璃ヶ浜の沖に広がる海原《うなばら》のような、清廉《せいれん》な青。二十歳《はたち》を過ぎても、喪服に身を包んでいても、その印象は変わらない。

明人に会うと、いつもあるひとつの記憶がよみがえる。

まだずっと幼いころ、浜で一緒に遊んでいたころの一幕だ。

活発な香帆が積極的に男子たちにからみにいくから、柚希もときどき翔真や明人たちと一緒に群れて遊んでいた。

ひらめきと勘だけで行動する無鉄砲な翔真に意見するのが明人の役どころで、主導権はたいてい翔真が握っていたが、翔真も含め、みんな心のどこかで明人を頼っていて、知らない場所に行くときや、あたらしいなにかに挑戦するときは無意識のうちに彼の意向をうかがうようなところがあった。

そして彼の言うことはたいていいつも正しかった。

ある日、浜辺でかくれんぼをしている最中、柚希は生け捕りにした魚が入った漁網《ぎょもう》を見つけた。岩のくぼみに隠れようとしたら、たまたまあったのだ。

海中にたゆたう漁網の中を往来しているのは、上半身は人間で、下半身は魚の姿をした生きもの——人魚だった。

おひれさま。

実物を見るのは生まれてはじめてだ。海面付近で目が合ったまま、釘づけになった。

柚希は息をするのも忘れてそれを見つめた。

魚類特有の、丸くて無機質な眼《まなこ》。空気を含んだようなおちょぼ口。ふくよかな頬には、一センチくらいの切り傷があった。

切り傷……。

漁師たちと格闘したせいだろうか。実に生々しい傷だ。

下肢《かし》はもちろん大きな銀の鱗《うろこ》に覆われていて脚はない。雌雄《しゆう》は不明だが、わかめのように揺らぐ黒髪のせいでなんとなく女の子に見える。だが、決して物語に出てくるようなロマンチックな風貌《ふうぼう》ではなかった。神秘的でもなく、むしろ薄気味悪かった。

おひれさまは魚みたいに、一度だけ口をぱくつかせた。小さな気泡《きほう》がのぼって消える。

ここから出して。

そう言われた気がして、ひかれるように漁網に手を伸ばしていた。

人魚の肉には不老長寿《ふろうちょうじゅ》の力があると言われている。だから捕まえた人魚はどこかに高値で売られているのだと。

嘘かほんとうか知らないが、子供たちのあいだで、そんな噂《うわさ》が流れていた。

この身を切り刻まれて売られてしまうなんてかわいそうだ。ひとの顔がついているせいで、どうにも胸が痛む。

柚希はゆれる水面に手をさし入れ、漁網の縛《しば》り口をゆるめて出入り口を作ってみた。するとおひれさまはするりとそこから出ていった。

よいことをしてあげた気分だった。彼らにとっても自由でいられるほうがしあわせだろう。

『ばいばい』

柚希はかすかに唇を動かし、小声で告げた。

言葉が通じるのかどうか知らないが、おひれさまはふりかえった。それから無機質な眼でしばらくこちらを見つめ返していたが、やがてゆらりと尾をひらめかせて海底に消えた。

大きな銀色の鱗や、やわらかな羽のような瑠璃《るり》色の背びれが、からみつくように記憶の奥底に焼きついた。

すぐそばに人が来ているのに気づいたのはそのあとのことだ。

ふり返ると、明人がいた。

見られた。

あわてて濡れた手を後ろに隠して立ちあがり、必死に言いわけを考えた。

香帆とおなじく賢くて運動もできて毎年クラス委員をやっているような明人とは、ふだんからほとんど話をしない。

それに頭が真っ白になって言葉が出てこない。父も含めて漁師たちからは、海でおひれさまに遭遇《そうぐう》したときは絶対に見て見ぬふりをし、決して関わってはならないときつく命じられている。祟《たた》られてしまうからと。

にもかかわらず、勝手に逃がしてしまったのだ。言いつけを守らずに。

告げ口をされる。

祟りも急に怖くなってきた。

けれど明人はなにも言わなかった。もう一度、人魚の消えた海に視線を移してから、無言のまま踵《きびす》を返した。

見なかったことにしてくれたのだろうか。告げ口をするような子ではない。そんな気がした。大騒ぎしそうな翔真じゃなくてよかった。

しかし磯遊《いそあそ》びを終えて引き返すころ、漁師のひとりが空《から》の漁網に気づいた。

『おい、おまえら、ちょっとここにならべ』

子供たちは全員浜辺の一箇所《かしょ》に集められ、横一列に並ばされた。

『あの岩場の角に網籠《あみかご》が括《くく》っちょったろ。そんなかにおった獲物を海に逃したやつはだれや』

『だれか知っちゅうやつおるやろ。翔真、おまえか？』

『知らねえよ』

『だれだ？　いま正直に名乗り出りゃあ許しちゃるに』

柚希は膝がふるえだすのを感じた。漁師たちはひどく怒っている。みな、眦《まなじり》をつりあげて子供たちを睨《にら》みおろしている。

大人たちが神経質になるのは、網のなかの獲物が人魚だったからだ。

やっぱり人魚は金になるのだ。直感的に、問題は祟りよりもそっちなのだと強く確信した。こんなにも威張って怒鳴り散らすのだからそうに決まっている。

一匹いくらになるのだろう。

わたしはなぜあの人魚を逃がしたのだろう。

急にわからなくなって、知らんぷりで見すごせばよかったと後悔《こうかい》した。

現場を見ていた明人が、たまたまとなりにならんでいた。

いまは黙っているが、漁師たちの剣幕に押されていつ喋《しゃべ》るかわからない。ばれたらどうしよう。焦りとおののきで心臓が壊れたみたいにばくばくと高鳴り、泣きだしてしまいそうだった。

『おい、えいかげん名乗り出ろっ』

大声で怒鳴られ、子供たちがいっせいに委縮《いしゅく》した。堪えきれなくなった柚希が、ついに口をひらきかけたそのときだった。

横から手をつかまれた。

はっと息を呑んだ。

手を握っているのは明人だった。彼のほうは見なかった。彼がこっちを見なかったからだ。さっさと尋問が終わらないかと焦れている翔真とおなじように、大人たちの向こうに停泊している漁船を無感情に眺めているだけだ。

手にこもった力強さと、慣れない他人の肌の温《ぬく》みにうろたえながらも、喉元《のどもと》までせりあがっていた言葉を呑み込んだ。名乗り出なくていいと制しているのに違いなかった。

ふたりの小さな手が繋《つな》がれていることに、大人たちは気づかなかった。もちろんほかの子供たちも。

『おまえら、祟りが恐かったら二度と勝手なマネをするんやないぞ』

大人たちがあきらめて去ると、明人はだれにも気づかれないようにゆっくり手をほどいた。なにか声をかけてくるわけでも、ほほえみかけてくるわけでもなかった。視線さえ合わせなかった。

そして、しらけた空気に腹を立てた翔真が大人たちに毒づきながら浜に戻りはじめると、そっちに行ってしまったのだった。

その後も、この件についてはいっさいふれてこなかった。

彼にも迷いはあって、犯人を庇《かば》ったという罪の意識に苛《さいな》まれているのかもしれなかった。


明人は中学卒業と同時に島を出て、母方の実家に下宿しながら東京の高校に通いだした。高校卒業後はそのまま東京の大学に進学したから、お互い、二十歳《はたち》になるまではただの一度も会うことがなかった。

にもかかわらず、柚希のなかに明人はずっといた。浜に出かけるたびに、あの、ほんのつかのまの秘密の共犯者のような関係を思い出し、もうそこにはいなくても明人を想った。

あの日はじめて、柚希は島に逆らうことをおぼえたのだ。

再会は島でひらかれた成人式だった。

なぜか、明人のほうから声をかけてきた。

ふたりきりで写真を撮り、連絡先まで交換した。節目の日特有の高揚感《こうよう》にまかせて、みんながノリでしていることだったので気にならなかった。

写真のふたりは、晴れ姿によそゆきのいい笑顔で、雰囲気《ふんいき》もまるで恋人みたいだったから、あとでひそかに何度も眺めて幸福感に浸ったものだ。自分と香帆との距離が変わったように、明人との距離もあきらかに変化していた。

『明くん、東京の大学に通ってるんだよね』

写真を撮り終えたあと、ふたりきりで少しだけ話した。進学先は噂で聞いていた。

『うん。おばさんの家は出て、ひとり暮らし』

『遠いね、東京……』

本土に渡って、そこからさらに電車と飛行機でおよそ八時間。時代おくれの離島とは正反対の大都会だ。たくさんのひとがいて、時間の流れも格段に速いのだろう。

もちろん明人には、こんな小さな島で終わる人生なんて似合わない。でも東京は、柚希にはあまりにも遠かった。

本籍も向こうに移したのだと聞いている。いずれ東京で出会った女のひとと結婚して、都内か近郊に住むのだろう。そして、もう二度と島には戻ってこない気がした。

『ゆずは京都の美大に通ってるって聞いたよ』

ゆず——幼少期に一緒だったころの呼び名のままだ。同級生はみんながそう呼ぶ。だから柚希も明人のことは、ほかのみんなとおなじように明くんと呼んだ。

『うん。東京ほどじゃないけど、ここよりはずっと都会だよ。観光地だしね』

ちなみに島からの所要時間は東京とたいして変わらない。

『卒業したらどうすんの？』

『まだ迷ってる。どっかの小さなデザイン事務所でいいから働きたいんだけど、実家から遠いところにしかないからどうしようかなって』

きっちり標準語をしゃべる明人の前では、関西訛《なま》りはあれど、島の言葉はあまり出なかった。

『べつに実家には戻らなくていいだろ。僕みたいに島を捨てれば。一緒に出ていこうよ』

さらりと告げられた冗談に、耳を疑った。

島を捨てる。しかも一緒に——。

ここから出ていった彼にしてみれば、自然な発言だったかもしれない。けれど、島を捨てるという言いまわしも、一緒にという誘いかけも、柚希にはとてつもなく深く響いた。

柚希は目をそらし、きまじめに返した。

『無理だよ……、お父さんに反対される』

わたしは守子だから。

たとえ翔真と夫婦にならなくても、守子であるのに変わりはない。どういう形であれ、この島にとどまり、島の行く末を見守るべきなのだと、父をはじめ十四家のひとびとから懇々《こんこん》と言い含められている。

『忘れてしまえばいいんだよ、こんな島のつまらないしきたりなんか。人魚の祟りとか、島の古い習わしとか、僕はずっとくだらないと思ってた』

柚希は目をみはった。明人がそんな乱暴な発言をするのが信じられなかった。いつもの冷静なまなざしの奥には、島民に対する苛立《いらだ》ちみたいなものがゆれていた。

柚希はそのときはっきりと確信した。明人も感じていたのだ。自分やさつきとおなじように、この島にはびこっているどろどろした因縁《いんねん》の靄《もや》を。

『わたしもこの島が嫌い』

さつきのときとおなじように告げた。もうひとりいたのだ、島を嫌う人間が。

なぜ明人がそんな感情を抱いているのかはわからない。けれど強い親しみをおぼえて、顔がほころんだ。

幼少期に浜で手を握って、柚希の自白を制してくれた理由が、はじめてわかりかけた瞬間でもあった。


葬儀のあと、帰り道の方向がおなじ子たちで歩いて帰った。

はじめは真莉と香帆がいたが、ふたりがいなくなると、五、六歩ほど前を歩く明人と、彼と仲の良い慧《けい》の三人になった。でも彼らのなかに割り込んだり、追い越して先に行く勇気もなくて少し気まずい。

家屋が密集する細い漁村の道を、つかずはなれずの距離のままゆっくりと歩く。慧が先にいなくなるから、最後は必然的に明人とふたりきりになる。そのときのことを考えてどきどきしていた。

ふたりになって、無言でさっさと先に帰宅されたりしたら、かなりつらい。かといって自分から声をかける勇気はない。大学生になってからは下宿して、ひとなみの積極性が身についたが、島に戻ると結局、いろいろ昔のままで情けなくなる。

そうこうしているうちに、慧がいなくなった。

慧に別れを告げたあと、明人はそのまま立ち止まっていた。

「ゆずはこっちだろ」

「うん」

柚希は明人に追いついた。

「ひさしぶり。成人式以来だな」

「そうだね」

葬儀のときからおなじ空間にいたし、挨拶《あいさつ》も交わしたが、たったいま再会したみたいな会話だった。実際、そんな感覚だった。

「あれから、ずっと会って話したかったんだ。どうしてるかなって、いつも考えてたよ」

思いのほか親密な言葉に、胸がさざめいた。

成人式のときも感じた。明人は自分が認識しているよりもずっと近いところにいる。あのときもなぜか、彼のほうから距離をつめてきたのだ。

けれど社交辞令的なものにすぎない気もしたし、そういう動揺《どうよう》を顔に出すほど、もう子供でもなかった。

「わたしもずっと会いたかった」

柚希も、どうとでもとれる言葉を返してほほえむ。ずっと——明人は成人式からかもしれないが、自分は中学の卒業式からだ。そこまで伝わってもかまわなかった。

「明くんはいつまでここにいるの？」

「盆明けまでいる予定だよ。ゆずは？」

「わたしも盆明けまで。ゆっくりできそうだね」

「盆前は忙しそうだ。今度の祭りで嫁入り舟の船頭役をやることになったから」

「明くんが？　森若《もりわか》くんが担当って聞いてるけど」

「あいつ、腕を骨折したらしくて代役を頼まれたんだよ」

「そうなの？」

さすがに腕が折れては櫓《ろ》を漕《こ》ぐことはできない。

「ああ。甲板を洗い流してる最中に足を滑らせたらしい」

「転んだの？」

「魚倉の蓋《ふた》が一枚開いてて、危うくなかに突っ込むところだったって笑ってたよ。……おまえもたまには島に貢献しろとか言われると断れなくてさ」

明人は苦笑している。

たしかに、若手は毎年みんな納涼祭に駆り出されるが、東京に出てしまった明人の姿は見かけない。帰郷はしていたはずなのに。

「ゆずは花嫁役だろ？　僕が祠《ほこら》まで運ぶからよろしく。途中で転覆したらごめんな」

「乗るの怖いなあ」

浅瀬だから溺死《できし》はないにしても、花嫁衣装で海水に浸かればかなり苦しそうだ。

「しっかり練習するよ。まだ日にちあるし」

「うん。がんばってね」

胸中は複雑だった。たとえかりそめの芝居とはいえ、好きな男の手で運ばれ、別の相手に嫁《とつ》がねばならないなんて皮肉なことだ。ただでさえ煩《わずら》わしいイベントなのに、ますます気が滅入《めい》る。

「それにしても、さつきが死ぬなんて思わなかったな」

明人が神妙につぶやいた。

「わたしもショックだった」

口にすると、軽く聞こえてしまうのでためらわれる。

「自殺って言ってるやつもいたけど、どう思う？　検死では外傷も病変もなく、プランクトン検査も陽性だったらしい」

「プランクトン検査？」

「溺死診断のための検査のひとつだよ。遺体の肺や肝臓や腎臓に珪藻《けいそう》類があるかないかを調べて、溺《おぼ》れて死んだのか、死んでから水に沈んだのかを判定する。……だから陽性だったさつきの場合、海に入って溺死したってことになる」

「自分で身を投げたか、誤って落ちたかのどちらかなんだね」

「もしくはだれかにつき落とされたか」

「えっ」

柚希はぎょっとした。そんな可能性もあるのか。

酒に酔ってふらついた状態であれば、背後から忍びよって海に突き落とすのは簡単だ。

「さつきが死んで得をするひとがこの島にいるの？」

「乱れた異性関係や、だれかから恨みを買っていたという噂《うわさ》はないらしいよ」

事件性はないとして、警察もとくに動いていないのだという。

「そうだよね」

さつきがどこまでプライベートを島民にうちあけていたかは謎だが。

「ゆずはけっこう仲良かっただろ、彼女とは。最近はどうだったの？」

「高二までは毎年、真莉ちゃんと三人で納涼祭に行ってたけど、そのあとはほとんど会ってないの。成人式で再会して、写真の交換したくらい」

柚希が大学に進学してしまったせいもあるけれど。

「……でもわたし、さつきが亡くなる二日前、本人から連絡もらってたんだ」

なぜか、明人には話しておきたくなった。

「さつきは、なんて？」

「盆には帰ってくるかって聞かれて……。借りっぱなしだった本も返さなきゃねって話して、着いたら連絡することになってた」

「本？」

「『モモ』っていう文庫。高校のときに貸したの」

「女の子が盗まれた時間を取り戻す話だっけ？」

「そう。……さつきは、たぶんわたしと会うつもりだったんだと思う。だから自殺ではないんじゃないかな」

「そうなのか。僕も訃報《ふほう》をもらったときは一瞬、自殺かと疑ったけど、あいつが自殺はないと思い直したよ」

「どうしてそう思うの？」

自殺はないと。

「昔から、生きぬいてやるって意地に満ちた強い目をしてただろ。成人式に見たときも、それは変わらなかったな。生い立ちが複雑だし、母親の相手も大変そうだから、ひとなみ以上の苦労はあったと思うよ。でも逆境に負けるようなやつじゃなかった。だからやっぱり酔って足を滑らせたくらいが事実なんだろう」

「……うん」

とりたてて親しかったわけでもないはずなのに、さすがにさつきのひととなりをよく見抜いている。おなじように自分も見透かされていると思うと、急に落ち着かなくなった。

それから、ふと沈黙がおとずれた。

昔から、明人が視界にいるといつも胸の鼓動が速くなった。いまこの瞬間も、ただならんで歩いているだけなのに、全身で彼を意識してしまう。

「明くん、大学ではなにを勉強してるんだっけ？」

「生命工学」

「理系だよね」

「うん。生物の優れた機能を、ひとの暮らしに応用する技術を探求する学問」

明人は淀《よど》みなく答えた。よく訊かれるから返答を用意しているのだという。

「どんなことしてるの？」

「僕は天然物化学の研究室に所属してる。採取した材料の化学構造を解析して、活性評価までをデータにするんだ。面白いよ。たとえば、海の微生物をつかまえて分離して培養《ばいよう》していくと、発酵《はっこう》条件や生産条件によっては医療資源になる活性物質を生み出すことができるかもしれないんだ」

「薬ができるってこと？」

「そう。たくさん培養できればね。深海生物なんかはまだ手付かずの状態にあるから、可能性が無限にあるだろうな」

「むずかしそうだけど楽しそう」

理科の実験の延長くらいのイメージしか湧かないが。

ふたたび沈黙がおりた。

いつか明人と話したいと考えていたことを思い出そうとしていると、

「成人式のときから訊きたかったんだけどさ」

ゆるやかな坂道をのぼりながら、彼が言った。

「なに？」

「いま、彼氏いるの？」

「いないよ。いるように見える？」

「見えるよ。かわいいし。いかにも美大生って感じだ」

「どういう感じ？」

かわいいという言葉には、どきっとしかけた。

「芸大とかって一風変わったひとが多いだろ。独特の時間軸で生きてるというか、服装にしても趣味趣向にしても、個性的で、量産型の女子とはちょっとちがって見える」

柚希のＳＮＳの画像を見てそう思ったのだという。

柚希が公開している画像は少なく、趣味で描いた落書きや出来栄えの良かった課題の作品、拝観した美術館のチケットがメインで、そこにときどき数少ない大学やバイト仲間との写真が挟まっているくらいだ。

「変わってるって、ときどき大学でも言われる。変わってるひとからも言われるから、わたしそんなにふつうじゃないのかなって、ちょっと不安になる」

守子になったことで、自分がふつうではないのだという自覚をもたらされた。島から遠くはなれて暮らすいまでも、心は縛《しば》られたままだと感じる。そうして島に囚われている部分が、自分を変わり者に見せているのだろうか。

「個性として褒《ほ》めてるんだよ。ほんとに変なやつには、おまえ変だって面と向かって言わないもんだろ？」

「そっか。それならよかった」

褒められるのには慣れていなくて、こそばゆい感じがした。

「だれかとつきあったことないの？」

数歩あるいてから、また問われた。

「あるよ」

「どんなやつだったの、彼氏」

きのうの夕飯をたずねるような気軽な口調だった。

「バイト先のひとつ上の先輩で、明るいひとだった。冗談が上手《じょうず》で楽しませてくれて、はじめはうまくいってたんだけど、だんだん……」

どことなく明人に顔が似ていて、積極的なアプローチも内気な自分には新鮮だったから、押されるままに応じたものの、しょせん価値観も感性も合わなかったようだ。

「春になって夜桜を見にいったんだけど、おなじ景色を見ている感じがしなかった」

散りぎわの、ほんのひとときの一番はかなくてきれいな時間を共有したいと思って誘ったのだが、あの夜、美しい自然の風景を見ても心が動かないひともいるのだとはじめて知った。彼が悪いわけではなく、それが価値観の違いというものなのだと。

気持ちは花びらとともに失せて、葉桜のころにはほとんど冷めていたように思う。たぶん、お互いに。

「言いたいことも、あまり言えてなかったな……」

交際がはじまって別れを告げられるまでの八カ月のあいだ、自分の意見は半分も口にできなかった。

「ゆずはおとなしいからなあ。子供のころ、もっと主張してもいいのにってよく思ってたよ」

「そうなんだ」

明人はいつも、たいていだれにでも公平な態度だった。香帆のように明るい子にも、自分みたいに地味な子にもわけへだてなく接した。彼の中にも相手の器《うつわ》を計る尺はまちがいなくあっただろうけれど、決してそれを他人に悟らせなかった。柚希は明人のそういうところが好きだった。傷つかなくてすむからだ。

「でも、無口なひとっていうのは、内に秘めてるものがたくさんありそうで興味をひかれるよ。ゆずはその秘めているものの一部を絵にしてるんだろ」

「秘めているもの……？」

絵でしか表せないものは、たしかにたくさんある。思いのままに描ける素描《そびょう》の段階ではとくに、心の奥底の感情が反映されているのだと感じるときが多い。

けれどだれかに——とくに明人にそこをのぞかれると思うとやはり落ち着かなかった。

「明くんは？　彼女いるの？」

一番知りたかったことを、流れにまかせて問い返していた。

「ああ、いたけど別れた」

「えっ」

「おなじゼミの子の友達で、二カ月くらい前にふられたよ」

「二カ月？」

まだ別れて間もない。しかもふられたとは――。

「どのくらいつきあってたの？」

「一年くらいかな」

友達を通して知り合い、むこうから告白してきたのだという。

「毎日、数時間ごとに連絡とりたがる子でさ。おはよう、おやすみはあたりまえで、出かけるときとか、だれとなにしてるとか……、なんとなく知らせてくるし、こっちのことも知りたがったんだ。あと、夜、電話しながら一緒に寝るとか。そういうの、ふつうなのかな」

「常にやりとりしてるカップルってわりと多いね」

「安心感を得るため？」

「たぶんね。すぐに返事があるのって、やっぱりうれしいし。……わたしは単純に面倒だし、関係が冷めてやりとりが減ってしまったときにさみしくなるのがいやだから、はじめからしないと思うけど」

「なるほど」

明人は笑いながら納得した。

「僕もマメなタイプじゃないから、この先もずっとこれで愛情を量られても疲れるなって思ってた。それが伝わったらしくて、ほかに好きな子がいるんじゃないかとか、ほんとにわたしのこと好きなのって何度も訊いてくるようになってさ」

「不安になっちゃったんだろうね」

「こっちもだんだん自分の気持ちがよくわからなくなっていたところで、別れをきりだされた。それなりに好きだったけど、問題を解決して関係を保とうという気にまではならなかったんだよな」

つきあいきれなくて申し訳なかったと明人は言う。

「じゃあ、もう忘れた？　その彼女のこと」

別れてまだ二カ月なら、多少なりとも引きずるのではないか。

返答によっては自分が傷つく羽目になるのに、なぜこんなつまらない問いをしたのかわからない。

「しばらくはもやもやしてたけど、いまはまったく未練はないな。二、三人つきあってみて、追われるよりも追うほうが向いてるんだなってわかったんだ。勉強になったよ」

明人はさっぱりとした顔をしている。

完全に終わった恋の話なのだ。とはいうものの、一度はたしかに気持ちが通いあっていたのだと思うと、その彼女が少々うらやましい。

いつのまにか、分かれ道まで来ていた。こんなにたくさん明人と話したのははじめてだった。

なんとなくはなれがたい気持ちで彼をあおぐと、

「島にいるあいだ、また会おうよ」

ごく自然に誘ってきた。

ふたりきりでという意味か、それとも同級生たちと一緒になのか。訊き返すのも野暮《やぼ》だと思い、

「うん」

どのみち会いたいので、ほほえんで頷《うなず》いた。

「また連絡するよ」

「うん。またね」

返事をする声は、われながらいつになく弾んでいた。

4.

葬儀から帰ると、漁から戻った父がさばいた魚をつまみにして缶ビールを飲んでいた。

定置網漁業《ていちあみ》の父は、モノや漁期にもよるが、たいてい深夜一時から二時ごろに海に出て、四時には帰港する。市場への出荷や網繕《つくろ》いなどを済ませてから、正午すぎに家に戻ってくる。

「おかえり、柚希」

母は昼ごはんの支度《したく》をしていた。

「ただいま」

「葬儀は無事にすんだか」

「うん」

コップにやかんのお茶を注いでごくごくと飲んだが、高揚感《こうよう》はおさまらなかった。明人と話して帰ってきたからだろう。なにかがはじまりそうな予感がしていた。

「さつきちゃん、気の毒やったな」

父の表情は硬かった。養女とはいえ、おなじ漁師仲間の娘である。

「うん」

急に現実に引き戻された。明人との時間にうつつを抜かすのは不謹慎《ふきんしん》かもしれない。

「着替えてらっしゃい。もうじきご飯やき」

「はい」

母に言われ、私室に向かった。

部屋着に着替えてふたたび戻ってくるころ、台所には魚肉が焼ける香ばしい匂《にお》いが漂っていた。

父はピンクがかった刺身を口に運んでいる。

「今日はなんの刺身？」

「イサキや」

「よく獲《と》れるやつやね」

母はフライパンで魚肉のハンバーグを焼いている。手の込んだものではなく、魚を切り刻んでミンチにし、塩を混ぜて丸めただけの船上食だ。これに青柚子《あおゆず》を絞《しぼ》って食べる。

「おまえ、島守の話はどうするがや」

食卓を囲み、ご飯を食べはじめると、父が訊いてきた。

魚肉のハンバーグは大好物だったが、島守と聞いたとたん、口にひろがった魚の旨《うま》みと柑橘《かんきつ》の香りが失せた。

「どうするって……、予定どおりに儀式だけで終わらせるけど」

「翔真はおまえと結婚するつもりみたいやぞ」

「え?」

思わず箸《はし》をおく。

「冗談やろ?」

柚希は父の目を見たが、父はこちらを見なかった。ただ黙々とイサキの刺身を口に入れ、酒で流し込んでいる。

父はどちらかというとふだんは無口で、大漁で機嫌がいいときか、酒に酔ったときくらいしか話はしない。島守の件もこれまでは決定事項を伝えてときどき釘を刺してくるくらいで、柚希の気持ちを細やかにうかがったりはしてこなかった。わざと避けていたともいえるが。

「お母さん、ほんと?」

アラ汁を飲んでいる母の顔を見やる。

「うーん、そろそろはっきり決めんとね」

　母は碗《わん》を手にしたまま苦笑いしている。ことを丸く収めようとするときに使う頼りない笑みだった。

「それならもうとっくに決まったやろ。形だけのものにするって。うちは翔真くんとは結婚なんかしないからね」

　すると父がやや声を荒らげた。

「おまえ、いつまでそんな子供みたいなこと言いゆうがや。むこうがその気でおるがやき、えいかげんおまえも島のために腹を括《くく》れ」

「なに言いゆうの、お父さん」

「おまえがいつまでもふらふらしゅうきやろ」

「いつまでもって、うちまだ二十二なんだよ。友達で結婚しちゅう子なんかまだひとりもおらんき」

　噂《うわさ》を聞いたことさえない。最近はみんな、結婚なんかだれともしたくないと言っているくらいなのだ。

「守子の自覚を持て。今年の祭祀《さいし》が終わったら翔真と籍入れて、大学を卒業したらすぐ島に戻りや」

「やめてよ、うちは結婚なんかせんし、大学を出たらあっちの会社に就職するんやから」

こんな島にいては、せっかく美大に通って学んだ知識もまったく役に立てられない。

「柚希っ」

父がまた怖い目をして声を荒らげた。

「おまえの幸せを考えて言いゆうがやぞ」

「本気で考えてたら、そんなこと言えんやろ」

「ゆず」

母が慰《なぐさ》めるように割って入った。

「先代の島守の八重子《やえこ》さんから聞いた話では、大昔はみんなが島守になりとうて、花嫁の座を争って血の雨が降ったがやと」

「神籤《みくじ》で決めてたんやなかったの？」

「神籤の前に根回しする者がおったということよ」

「信じられん……」

そこまでして守子になりたがったなんて。

「守子を出した家は繁栄《はんえい》するという言い伝えもあったし、とにかく昔は島の顔として誇らしいお役目やったって。だから、ゆずも翔真くんと一緒になればええのよ」

「そうや。まだ時間はある。よう考えなおせ」

「…………」

食欲は一気に失せた。

柚希が黙りこむと、父も母も口を閉ざした。

島守の話になると、たいてい喧嘩《けんか》になる。柚希が守子に選ばれたときからずっとそうだ。島なんてどうでもいい柚希と、島を守りたい父との口論がどうしようもなく続いて、結局、平行線で話が終わる。なにも解決しないまま。

真莉が近所のひとたちも期待しているらしいことを言っていた。

十五歳の話し合いの時点で、問題は片付いたはずなのに。

（なんでいまさらまた結婚する話になってるの？）

正直なところ、しきたりを破るのは柚希も怖い。もしもほんとうにおひれさまの祟《たた》りが起きたら——。

言い伝えのとおりに不漁に陥《おちい》り、船舶《せんぱく》事故なども増えるのだろうか。海が荒れ、島に津波が押し寄せたりするのだろうか。

祟りが起きないという保証はない。

守子の親である両親の立場を思えば自分のわがままにすぎず、心苦しくもある。

（でも、好きでもない相手と結婚なんて……）
守子に選ばれる名誉なんてどうでもいいし、家だってべつに繁栄しなくていい。
それが自分の幸せとはとうてい思えない。
また島を覆《おお》う因縁の靄《もや》が迫ってくるようで、重い溜息を吐きだした。

# 第二章

# 祟りの予兆

# 1.

七月二十六日。葬儀から一夜があけた。

昼下がり、柚希《ゆずき》は真莉《まり》とふたりで、となりの集落の古民家風カフェ〈海雀《うみすずめ》〉にいた。給食センターに務める真莉は小中学校が夏休みで、仕出しの予約もないため暇だというので、ひさしぶりにゆっくり話すことになったのだ。

〈海雀〉は、柚希が子供のころはさびれた喫茶店《きっさてん》だったが、二年前に代替わりして、島ではめずらしい今風のお洒落《しゃれ》な和カフェに生まれ変わった。

日差しの届かない奥まった席を選んで、ふたりともアイスがのった抹茶《まっちゃ》フロートを頼んだ。話題はもっぱら昨夜の葬儀で再会した同級生たちについてだった。

ずっと島に住んでいる真莉はわりと情報に通じていて、島に残った子だけでなく、そのほかの子の近況も教えてくれた。

学生をのぞくと、美容師、保育士、フリーター、本土の調理学校を出たあと大阪の料亭で修業をはじめたという子もいた。島で仕事――おもに漁業関連に就《つ》いた子が六割近くいて、あとはみんなひとまず島を出ていた。

「そういえば婚礼の儀の衣装合わせ、明後日に決まったってお母さんが言いよったよ。ゆずに伝えておいてって。午後一時半くらいからはじめるんだって」

「わかった。明後日の一時半ね」

リハーサルも兼ねて、祭祀の当日の白無垢《しろむく》を着てみることになっている。着つけは、若いころ美容師だったという真莉の母親がしてくれる予定だ。

「儀式は大変やけど、白無垢はちょっとうらやましいなあ。ゆずちゃん、着物似合いそう」

「そう？　わたしはいやだよ……」

柚希は顔をしかめ、思わず溜息をつきたくなった。

「ええやん、着るだけながやき。翔真《しょうま》くんはこないだすませたみたいよ」

「そっか、じゃ彼はいないんだね」

柚希は少しほっとした。

翔真の近況は話題にのぼらなかった。地元で漁師をしているのがわかりきっているし、柚希が苦手だとわかっているからあえて避けているのだろう。

ところが、とけたアイスをストローの先でかきまわしながら、真莉がぽつりと言った。

「翔真くん……、実はうちの妹とつきあいゆうみたいながよね」

「え、妹って美玖《みく》ちゃん？」

美玖は真莉のひとつ年下の妹だ。本土の美容専門学校を出て、今年から島の美容院で働いている。

「いつから？」

翔真は自分と結婚するつもりではなかったのか。

「半年くらい前かな。はっきりわからんのやけど。最近、こっそり朝帰りもしちゅうし」

親には毎度、友達の家に泊まると嘘をついているという。真莉の両親も翔真が一緒になるのは守子《もりこ》の柚希だと思い込んでいるはずだから、ばれたら厄介《やっかい》だ。

「そういえば、昔からよく美玖ちゃんにちょっかい出してたよね、翔真くん」

ときどき美玖がまじって遊ぶこともあったが、たいてい翔真が絡みにきていた。

「そうそう、おまえの姉ちゃん、苗字《みょうじ》と体形が合ってないぞっていじめてたよね。あれはうちをネタに美玖としゃべりたかっただけやろね」

真莉は子供のころはややぽっちゃり体形だったので、細井《ほそい》という苗字が合わないとよく男子たちにからかわれていた。

「美玖ちゃん、かわいいもんねえ」

昔から、柚希の学年でも噂《うわさ》が立つくらいにかわいい子だった。

葬儀のときもちらっと見かけたが、美容師だけあってほかの島の子に比べてずっと垢抜《あかぬ》けていた。

「うちとは似てないわ。あの子は浜で拾われた子ながよ」

真莉は笑いながら冗談を言うが、声や目元などはやはり似ていると柚希は思う。

真莉は声をひそめて続けた。

「やけどあの翔真くんやろ？　なんか心配やわ。美玖はいずれ結婚するつもりみたいやけど、むこうは遊びか本気かようわからんのよね」

「翔真くん、女好きっぽいもんね」

昔から恋愛にも積極的なタイプだった。

「どっちにしてもゆずちゃん、島守《しまもり》の婚礼が儀式だけのものでよかったよね。翔真くんと結婚なんてありえんやろ」

真莉が苦笑するので柚希もつられて笑った。

「うん。ほんとありえん」

お互いほかに好きなひとがいるのに結婚だなんて不毛すぎる。

やはり婚姻は儀式だけのものにしなければならないと、抹茶フロートを飲み干しながら強く思った。

## 2.

日が傾きはじめていた。

カフェを出た柚希は、真莉につきあってもらって天沼《あまぬま》神社に向かった。

さつきの葬儀は済んだので、大学から出されている演習課題にとりかかるつもりだった。

与えられた課題のモチーフは夏らしく「海」。自分自身の内面を含めた色彩表現を自由に行いなさいとのことだ。まだ具体的なイメージは浮かんでおらず、神社から見える海景色でも参考にしようかと漠然《ばくぜん》と考えている。

天沼神社は島の北東部、海沿いの丘陵《きゅうりょう》地区の高みに位置している。祀《まつ》られているのは島の土地を守る鎮守神《ちんじゅがみ》だ。あたりに集落はなく、ひたすら雑木林と岩の点在する野原がひろがっている。

境内《けいだい》の脇には海岸方面に続く道があって、左側は海の見える崖《がけ》へ、右側は人魚が棲《す》むという瑠璃ヶ浜《るりがはま》へと繋《つな》がっている。

右側は神域につき、島民に開放されるのは年に一度、納涼祭《のうりょうさい》のときのみだ。ちなみに瑠璃ヶ浜へは、この天沼神社からしか足を踏み入れることはできない。神社が関所になっているような状態だ。

「神社にくるのひさしぶり」

境内に続く苔《こけ》むした石段をのぼりながら、柚希がつぶやく。

「そうやね。うちも初詣《はつもうで》以来かな」

暑さのせいか、ふたりとも早々に息が乱れた。

「わたしなんて初詣にさえ来てないよ。成人式以来かも」

無事に成人できたお礼を言いなさいと両親に言われ、その年の元旦にしぶしぶ詣でた。もともとこの神社には苦手意識みたいなものがあった。見ればいやでも自分が守子であることを思い出すからだ。

境内にはだれもおらず、ひっそりしていた。右手の社務所《しゃむしょ》ものぞいたが無人だった。

「草がきちんと刈り取られてるね。お祭りの前だから？」

瑠璃ヶ浜に続く右側の道を眺めながら柚希は言った。人通りのほぼない場所にもかかわらず、きれいに手入れされている。

「たぶんね。こないだ朝早くにお父さんたちがここの草刈りに行ってたもん」

「うちも行ったんだろうな」

昔、父が気合を入れて草刈りに出掛けていたのを思い出した。島民たちはみな、なぜか

ところだ。

消防団の活動やどぶ掃除《そうじ》や草刈りなどに異様に張り切って参加する。そこもきもちわるい

「こっちだよね、海が見えるのは」

柚希は境内の左側の脇にまわった。幅員わずか一メートルほどの砂利道《じゃりみち》で、少し歩けば外海が見渡すことができる〈人魚塚《にんぎょづか》〉と呼ばれる崖に出る。

「うん。行ってみよ。食べたぶん運動せんと」

真莉が笑いながら歩きだした。

砂利道には丈の低い夏草がゆれていた。そこを避け、ふたりでゆっくりと歩いていく。しばらく歩くと、生い茂る雑木林の隙間《すきま》に海景色がちらつきだした。

海が近い。

「昔、右側の道に入って遊んだことあったよね」

柚希は、海風になびく髪を押さえながらつぶやく。

「うん。おひれさまの祟《たた》りとか怖がりながら遊んだね。宮司《ぐうじ》さんに怒られるってわかっちゆうのに翔真くんがどんどん先に行ってしもうて。でも明《あき》くんもなにも言わんかったき、やばいって言いながらもみんなで入っていったがよね」

ほんとうに祟りなんて起きるのか。

明人さえも、あの禁足地になにがあるのか知りたかったのだろう。

「結局、瑠璃ヶ浜に通じる道があって、あとはただ林が広がっていただけやったな」

真莉が笑いながら言うが、

「うん。でもわたし、あの先で変な景色を見た」

いやな記憶を思い出し、声は暗くなる。

「変な景色？　どんな？」

「うろおぼえだけど、古い小屋があって、壁や床のそこらじゅうに血がついてるの。とにかく生臭《なまぐさ》くて、机の上には魚の鱗《うろこ》やひとの目玉や、爪や指とかが散らばってて……」

これが、島に帰るたびくりかえし脳裡《のうり》によみがえる、血腥《ちなまぐさ》く陰惨《いんさん》な記憶だ。

「怖い……。なに、ゆずちゃん、その記憶」

真莉も顔をしかめた。心霊現象やホラー映画は苦手なタイプだ。

「かくれんぼをしてたときに見んかった？　だれかと一緒に隠れにいって……、あれって真莉ちゃんやなかった？」

「ちがうよ。うちやない。そんなん見てないもん。わたしはビビりやき、その先は行ったことなかったがやないかな」

「そうだっけ？」

あのとき、ひとりきりではなかった。となりにたしかにだれかがいた。

だれだったのかまでは思いだせないけれど、ふたりで血の臭《にお》いを嗅《か》ぎ、血糊《ちのり》にまみれた床や、ぎらついた大量の鱗や魚類の眼やちぎれた指などがうずたかく積まれた異様な光景を見た。ただそれだけの記憶。

「小学校のとき、学校で噂なかった？　昔は海に生贄《いけにえ》を捧げてたって。郷土史にそう書かれてたとかで」

「ああ……、あったね。郷土史でたしかめようとしてみんなで図書館に行ったけど、閲覧《えつらん》禁止になっててよけい怖かったがよね」

書籍修繕《しゅうぜん》中とかで見せてもらえなかった。

「わたしが見たの、その生贄の準備やったのかなとか……」

あれは人魚の死体で、ひょっとしたら中に人間の死体も混ざっていたのではないかと。

だれに言うともなく、これまでずっと漠然とそう考えていた。

「やだやだ、そんなの大昔の話やろ。やめてよ、ゆずちゃん」

「夢でも見たのかな」

細切《こまぎ》れの記憶だから、あれがなんだったのか説明もつかない。

「もうそろそろ崖っぷちに出るよね？」

砂利道はゆるやかに外海のほうに向かっている。

「うん、でもこっちも足場が悪いとこまでは行ったらいかん言われてたよね」

「海を見渡すのは無理かな……」

昔よりも木々が生い茂っていて、視界が遮《さえぎ》られている。

ふだん島民が足を踏み入れていない場所なら、島のひとびとが醸《かも》す、あの不快な靄《もや》に邪魔されることもなく、いい構図がひらめきそうな気がするのだが。

「いいけど、うち、怖くなってきてしもうた。へんな話してたせいかな。昼間なのに、なんか足元とかひんやりするし」

「ここは神域ではないんだから大丈夫だよ、真莉ちゃん」

柚希は笑ったが、真莉がこの調子だとむずかしそうだ。無理はさせられない。

「戻ろうか？」

柚希が言うと、真莉は少し迷ってから、

「ううん、いいよ。もう少しだけ行ってみる」

およびは腰ながらも決心をしてくれた。

そこで、背後からひとの気配がしたので、びくりとしてふり返った。

だれかがついてきていた。五十手前の紺染《こんぞ》めの作務衣《さむえ》姿の男だ。

「こんにちは」

身を寄せ合うようにしていた柚希たちを見て、男はほほえんだ。天沼神社の宮司の大河《おお》内《こ》文也《うちふみや》だった。

「こんにちは、宮司さん」

顔なじみなので、柚希たちはほっとしながら頭を下げた。

宮司は下がり眉《まゆ》に眼鏡《めがね》をかけた温厚そうな顔立ちで、実際に昔から優しくて面倒見のよいひとだ。妻とは何年も前に死別して子もいないので、神社の跡を継ぐのは妹の夏美《なつみ》の娘になると聞いている。

「さきほど境内を抜けるのを見かけたので気になってやってきました。どうしましたか、こんなひとけのないところで」

心配して見に来てくれたようだ。

「すみません、この先の崖から見える海を大学の課題の参考にしたくて」

柚希が答えると、宮司はにこりとほほえんだ。

「ああ、柚希ちゃんは美大に通っているんでしたよね」

「はい」

さすがに幼少期から氏子《うじこ》として世話になっている宮司なら、進路を把握《はあく》されていても不快感はなかった。

「どんな絵を描かれるんですか?」

「まだ構想を練《ね》っている段階です。海をモチーフにしなきゃならないので、ふだん見ないような景色を見たらなにか思い浮かぶかなと思って」

「なるほど、そうでしたか。……ですが、このあたりはひと気もなくて危険ですから、むやみに入らんほうがいい。なにかあったら大変です」

いつもの柔和《にゅうわ》な物腰で、やんわりと注意を与えてきた。

「はい、わかりました。気をつけます」

柚希は素直に聞き入れ、頭を下げた。

宮司に促されて三人で来た道を戻りはじめると、

「もうじきお祭りですね」

真莉が宮司に話しかけた。

「ええ、今年は婚礼の儀もあるので準備が大変です。柚希ちゃん、当日は花嫁役をよろしく頼みますね」

「こちらこそよろしくおねがいします」

柚希はあわてて頭を下げた。

「翔真くんとの結婚はどうですか。現実には考えられませんか？」

「え？」

いきなりの問いに絶句した。宮司の表情はにこやかではあるが、結婚してはどうかと控えめに促されているみたいだった。

真莉が、となりで気まずそうな顔をしている。

結婚は考えられない。ただでさえその気がないのに、翔真が美玖と恋仲らしいことまで聞いてしまったいま、ますます考えられなくなった。それに、自分が惹《ひ》かれているのは明人《あきと》だ。

「すみません、結婚する気はないです」

黙っているわけにもいかないので、正直に答えた。声は固くなった。

「でも、島のひとたちは結婚するのだと思い込んでいるみたい。……父も結婚しろと言ってくるし」

ゆきづまりを感じて下唇をかんでいると、

「そうですか。いえ、気に病む必要はないですよ。話し合いで儀式のみと決まったんですから。結婚など、好きでもない相手と無理にするものではありません」

宮司はほほえんでなだめてくれた。

「はい」

島のひとびとがみんな敵に見えてくるなか、こうして理解のあるひとがひとりでも見つかるとほっとする。とくに祭祀《さいし》を主催する宮司が言ってくれるのは心強かった。


天沼神社を出た柚希と真莉は、舗装《ほそう》道路を歩いて集落へ戻った。

柚希は真莉と話しながら、心の中で明人に思いを馳《は》せていた。いまどこにいて、なにをしているだろう。きっと会いたいからだ。家でも、気づくと彼のことを考えている。

「ん？　なにあれ？」

ふと真莉が足を止めた。

見ると、前方に不自然な水溜まりがあった。

なんとも奇妙な光景だった。暑さで道路は乾ききっているのに、そこだけが濡れている。なにかきらりと光を放つものがちらばっているのも見える。

近づいてよくよく見てみると、魚の鱗だった。

「鱗……？」

ばらばらのものもあるし、幾重にもかさなっているのもある。

「きらきらしちゅうね。なんの魚やろ。イガミ?」

イガミとはアオブダイのことだが、それにしては大きい。青みがかってきれいだが、大きすぎてどこか気味悪くもある。

真莉がすんすんと匂いを嗅いだ。

「磯《いそ》の匂いがする」

「うん。潮水ってことだよね」

柚希も気づいていた。市場や浜辺の岩場などで嗅ぐ濃い潮《うしお》の匂い、つまり海水の水溜まりということだ。

「ねえ、これってもしかしておひれさまの……」

つぶやきかけて、柚希は口をつぐんだ。言葉にすると現実になるような気がして急に恐ろしくなった。

昔、聞いたことがある。陸《おか》で大きな鱗を見たら、それはおひれさまのもの。まわりに潮水が染みていればおひれさまが移動した足跡で、祟《たた》りが起きるまえぶれなのだと――。

島の子はみんな知っている。たいてい幼少期に親たちから鱗を見せられ、脅《おど》された経験があるからだ。実際はイガミの鱗での演出にすぎないのだが、本物の人魚を見たことがない子供たちは鵜呑《うの》みにして縮みあがる。

「こんな大きな鱗、あんまり見たことないよね」

もしや本物の人魚の鱗なのではないか。昔、逃してやった人魚も、たしかこんなのに覆《おお》われていた。

「わたしが結婚しんから……？」

しきたりを破ろうとしているせいで、おひれさまの怒りを買っているのではないか――。

「まさか」

否定する真莉の声は弱々しい。おなじ考えが彼女の頭にもよぎったのだろう。

「考えすぎだよ。きっと市場のおばちゃんが魚のバケツをひっくり返しただけやって」

慰めるように笑ってくれたが、声は頼りない。

柚希は水溜まりに釘付けのまま言葉が出てこなかった。

# 第三章

# 瑠璃の婚礼

# 1.

翌日の昼下がり。

時の流れをぬるい海水でさらに薄めたような、まのびした空気が島全体に流れていた。今日
柚希《ゆずき》は祭祀の準備のため、日傘をさして徒歩でとぼとぼと公民館に向かっていた。今日は花嫁衣装を着つけてもらうのだ。

衣装や小物はすべて支度《したく》されているので、柚希はからだひとつで出掛ければよかった。

真莉《まり》の言ったとおり翔真《しょうま》は来ないらしいが、彼には少し腹が立っていた。自分と結婚する意志はあるようなのに、美玖《みく》とつきあっているとは。

葬儀のときになにも言ってこなかったところを見ると、きっとむこうも父親に説得されてしぶしぶ結婚を決めたのだろう。あるいは、無理に言わされただけとか。

雲間から太陽が顔を出し、じりじりと照りはじめた。暑いのは苦手だ。街路樹からふってくるセミの鳴き声にもうんざりして、小さく溜息をついたところで声を掛けられた。

「ゆずちゃん?」

柚希は足を止め、声のするほうを見た。通り沿いの郵便局から出てきた七十代くらいの

老女がこっちにやってくる。先代の島守《しまもり》だった小松八重子《こまつやえこ》だった。

「あ、八重子さん、おはようございます」

幼少期からの顔見知りで、柚希が守子《もりこ》になったころから、なにかと自分を気にかけてくれている。ひとあたりのよい、優しいひとだ。

「やっぱりゆずちゃんやね。おはよう。おひさしぶりやね」

「おひさしぶりです、お元気でしたか？」

「元気やけんど、毎日暑いわね。おばあちゃんはもう朝からくたくたや」

八重子は皺《しわ》のよった額に手をあてて笑う。

「朝から暑かったですもんね」

最後に会ったのがいつかは思い出せないが、そのときよりも当然年老いて見えた。

「もうじき大祭やね。そろそろ準備が忙しゅうなってくるころやない？」

「はい。いまから衣装合わせにいくところです」

「まあ、そうやったが。あと二週間やきねえ。お相手は天谷《あまがい》さんとこの翔真くんやろう？　大きゅうて立派な漁師になって、ゆずちゃん、えいわねえ」

八重子は話し方ものんびりしている。

「お祭りがすんだら、おふたりはどちらに住むの。翔真くんの実家に？　それとも——」

八重子は柚希が実際に翔真と結婚すると思い込んでいるようだ。

「一緒になんて住まないです、わたしたち、ほんとうに結婚するわけじゃないから」

「あら、いったんはそう決まって、やけんどやっぱり一緒になるという話ではなかった?」

「いいえ。儀式だけの婚姻です」

「そうなが……?」

八重子は首をかしげている。いまいち呑み込めていないようすだ。

けれど、ふっとやわらかな笑みをもらした。

「やけんど、守子どうし、心惹《ひ》かれてしゃあないやろ?」

「え?」

「翔真くんのことばっかり考えてしまうが。ちがう?」

八重子の顔に笑みがこぼれる。

「いえ……」

そんなことはない。むしろほかの男——明人《あきと》のことばかり考えている。

八重子はまさかそれには気づかず、くすくすと笑って続けた。

「そんなふうにできちゅうみたいよ。代々、守子やったふたりはみんなそう。もしなにかがふたりのあいだに起きてはなれてしもうても、どういてかまたくっついたりして、お互い好きで好きでしゃあなくなるがに。うちらもそうやった。主人は気性が荒いひとでときどき喧嘩《けんか》もしたし、傍目《はため》にはわかりづらかったろうけんど、おおむね幸せやったわね」

「旦那《だんな》さん、もうお亡くなりに？」

「ええ。おととしの冬に脳梗塞《のうこうそく》で倒れてね。そのまま一週間くらいで……」

「急なことで大変でしたね」

「ええ。ふだんは無口で、好きな料理を作っても『うまい』のひとことも言わん口べたなひとでね。やけんど亡くなるほんの少し前に、うちの手を握って『愛しちゅう』と二度も言うてくれたが。一生分のお礼やった思うて、それを胸に生きちゅうわ」

八重子はしみじみと目を伏せる。

「素敵な旦那さんですね」

終わりがよければ、それまでの苦しみや苦労などは、よき思い出の宝に変えられるものだ。

「でもわたしは……、さつきのお母さんを見ると不安になります」

ややためらいがちに柚希は言った。正直なところ、彼女はあまり幸せそうには見えない。

「祥子《しょうこ》ちゃんたち？」

八重子は目を丸くしたが、それからにこりと笑って続けた。

「あの二人もまっこと仲良しよ。家が近所やったき、幼馴染《おさなじみ》の初恋どうしで、守子に選ばれる前からずっと一緒やったが。ゆずちゃんは知らん思うけんど、学生のころにようふたりで本土に出掛けてデートゆうのを見よったわ」

「そうなんですか？」

「祥子ちゃんが病気になってしもうたがは、たしかにちっくと気の毒やったわね。繊細《せんさい》な子やったから、儀式のあと、次の子宝に恵まれんかったのがいかんかったがかしら。せっかく迎えたさつきちゃんもあんなことになってしもうて……そこだけはかわいそうやね」

この儀式というのが、柚希にはなにかわからなかった。てっきり婚礼の儀のことだと思い、聞き流していた。

「やけんど、婿養子のご主人は祥子ちゃんをかいがいしゅう面倒見ゆうし、いまも夫婦仲はえいみたいよ。遠野《とおの》家はお金の苦労もないしね」

「そうなんですね」

たしかにさつきの家は大きかったし、祥子はいつ見ても、鄙《ひな》びた漁村暮らしにそぐわないひらひらした小奇麗《こぎれい》な身なりで裕福そうだった。

「やけんど、ゆずちゃんたちはすぐに子を産んだほうがえいわ。お産は若いほうが楽ながやき、一刻も早うよ」

　八重子が真剣に告げてくる。念を押してきたのには、実はほかにも理由があったのだが、それを知ったのはもう少しあとのことだ。

「うちは、翔真くんとは結婚はしません」

　柚希は苦笑しつつ、きっぱりと返す。翔真と島守になる未来はどうがんばっても思い描けない。

　すると八重子はまた目を丸くした。

「まあ。やけんど、それだと結婚はお芝居ということになるき、おひれさまを騙《だま》しちゅうみたいで怖いわ。もしも祟《たた》りが起きたらゆずちゃんはどうするが？」

　決して責めるのでなく、こちらの身を案じてくれているのだとわかる、やんわりとした口調だった。だからこそ良心が痛んだ。

「それは……」

　脳裡《のうり》に、水浸しのアスファルトと鱗《うろこ》が瞬く。もしほんとうに、あれがおひれさまの祟りの予兆だとしたら——。

「宮司《ぐうじ》の大河内《おおこうち》さまはなんておっしゃりよったが？」

「無理に務めることはないと」

「そう。なら、えいのかもね。おひれさまの怒りさえ買わんのならね」

八重子はほっとしたようすで頷《うなず》いたものの、

「やけんど、どのみちゆずちゃんは、翔真くんと夫婦になるしかない思うわ」

神妙な顔になって、なおも言いかさねた。

「守子のふたりはな、たとえどちらかが島を出たとしても、その先でまた一緒になって、島守の責務をまっとうするようにできちゅうそうよ。それが、おひれさまが定めためぐりあわせなんやって」

「めぐりあわせ……」

「そうや。運命ながよ」

八重子は尊《とうと》い笑みをうかべて頷く。

「…………」

守子の苦しみをほんとうにわかってくれるひとがいるのだとしたら、このひとと祥子くらいだろうと思ってきた。けれど、八重子は島守になったことに満足している、因習を重んじる島側の人間だ。自分の味方にはなりえない。

「わかりました」

作り笑いで返しておいて、八重子とは別れた。

（おひれさまの定めた運命……）

島を出られたとしても、運命からは逃れられないということだ。

八重子の根底にあるのは、おひれさまの祟りを恐れる気持ちなのだろう。

たしかにそれが起きないという確証はない。だから自分でも苦しい。

翔真と結婚すべきなのかと迷うのはこんなときだ。もういっそのことすべてあきらめて大人たちの言いなりになってしまったほうが楽になれるのではないか。

わたしが惹かれてしょうがないのは明くんなのに——。

自分が島の犠牲《ぎせい》になった操り人形のようで、虚無感が募《つの》るばかりだった。

## 2.

「やっほ」

公民館に着くと、香帆《かほ》が一番手前の和室から顔をのぞかせた。

「あっ、香帆。早いね」

香帆は子供たちが担《かつ》ぐ神輿《みこし》につける飾りの修繕《しゅうぜん》を手伝いに来ているのだろう。室内からは子供たちのはしゃぐ声が聞こえてくる。

「おばさんたち、待ってるよ」

「はーい。いま行きます」

八重子と立ち話していたせいで少し遅れてしまった。

「ねえ、夜、みんなで飲もうよ」

そそくさと靴《くつ》を脱いで下駄箱《げたばこ》に入れていると、香帆が廊下《ろうか》に出て誘ってきた。

「今日？」

「うん。こないだの葬式んときの話がまとまったの。久々に同窓会よ。ゆずも来なよ」

香帆の実家の居酒屋〈魚蔵《うおくら》〉はふだんから同級生の溜まり場になっていると真莉が言っていた。

「みんな来るの？」

「まあ、翔真の周辺はだいたいね」

翔真をはじめ漁師関連の仕事についている子はもれなく来そうだ。彼と親しい明人も絶に来るだろう。さつきの死から間もないのであまり気がのらないが、彼が来るなら会いたい。

「わかった。行く」

「おっけ。七時にうちの店ね」

「了解」

　室内には、島の子供たちに混じって中年の女性が七名ほどいた。

　毎年、祭祀《さいし》の準備にたずさわっている十四家の漁師のおかみさんたちで、ふだんはみんな陸《おか》まわり（漁獲物の選別や箱詰めをする人）をやっている。

　柚希が部屋に入ると、子供と一緒に神輿の飾りを作りなおしていたおかみさんたちのうち、真莉の母と宮司の妹の夏美《なつみ》がこっちにやってきた。

「いらっしゃい、ゆずちゃん」

「今日はよろしくおねがいします」

「うん。まずは襦袢《じゅばん》に着替えて。あと足袋《たび》も」

　衣桁《いこう》には絹艶《きぬづや》のよい白無垢《しろむく》が掛けられていた。

　純白の布地には贅沢《ぜいたく》に鶴や吉祥紋《きっしょうもん》が織り出されている。祭祀のために誂《あつら》えられたものだが、本物の婚礼衣装でしかありえなかった。

　ただし裾《すそ》が青い。赤を差し色にした白無垢は見たことがあるけれど青はめずらしい。正確には瑠璃《るり》色だろうか。

　ほかに長襦袢から掛下《かけした》、帯類、小物から草履《ぞうり》まで、すべて揃えられていた。伊達襟《だてえり》と懐刀《ふところがたな》は白無垢の差し色に合わせて瑠璃色だった。

柚希は、まずは足袋を履《は》いた。足袋や草履のサイズは事前に確認済みだったので、ぴたりと柚希の足に合った。

（もう、あとにはひけないんだ……）

やや窮屈《きゅうくつ》な足袋のつま先を動かしながら、そんな小さな焦りにかられた。

それからＴシャツを脱いで、真莉の母から渡された肌襦袢に着替えた。

「ゆずちゃん、これ見てごらんなさい。前回の婚礼写真を借りてきたが」

横から夏美が、六つ切り版の写真を見せてきた。

そこには着物の婚礼衣装に身を包んだ若い夫婦が映っていた。花婿はふつうの紋付袴《もんつきはかま》姿だが、花嫁の白無垢には瑠璃色の差し色が入っていた。

「わあ、きれい。さつきのお母さんですよね？」

ふたりは実の母娘ではないが、面輪《おもわ》がどことなくさつきに似ていた。共に暮らしていると似てくるものなのだろう。

「そう。祥子ちゃん、若いころほんとにきれいでね。天女《てんにょ》が降りてきたみたいやって、当日は島中のひとが瑠璃《るり》ケ浜《がはま》に押し掛けたがよ」

夏美が誇らしげに語った。遠野夫妻にとってはこれが、かたちだけではなく現実の結婚式だったのだ。

「ここ、青い模様が……」

　柚希は祥子の顔を指さしてつぶやいた。目元からこめかみのあたりに、筆で描いた不思議な文様がある。入《い》れ墨《ずみ》のように。流れるような曲線と点でメイクがほどこされているのだ。

「そう。ゆずちゃんも本番はこのお化粧《けしょう》をするがよ。この模様はおひれさまの鰭《ひれ》と水泡《すいほう》をあらわしちゅうがやって」

「着物にもおなじ差し色が入ってますよね」

「そうなが。裏地や襟元にね。これは天沼島《あまぬまじま》の海の色。だから島守の結婚の儀式は瑠璃の婚礼と言われゆうがよ」

「瑠璃の婚礼……」

　婚礼はふつう白色なのに。

　瑠璃色に染められた島のための結婚――。写真の花嫁は美しいが、純白ではないところがこの婚儀の異様さを物語っているように思える。

（瑠璃といえば――）

　ある記憶がまたたいた。

『瑠璃の闇って見たことある？』

いつかの納涼祭で、さつきが口にした。たしか中二のころ、島を出るべきだと彼女にすすめられたとき、そう問われたのだ。

もちろんそんなのは見たことがない。

そもそも瑠璃の闇とは、どんな闇なのだろう。この瑠璃色に、淡く墨《すみ》をはいたような世界だったろうか。

「いいな、うちもはやく白無垢着たいなあ」

一緒に写真をのぞいていた香帆の呑気《のんき》な声で、柚希は我に返った。

代わってあげるよ。

そんなせりふが喉元《のどもと》まで出かかったが、香帆のことだから本音かどうかわからないし、おかみさんたちの手前、言えずに呑《の》み込んだ。

長襦袢に掛下を着かさねて、帯をむすび、かさのはる白打掛《しろうちかけ》を羽織《はお》る。

成人式の振袖《ふりそで》よりも複雑で手間がかかったし、重みもあった。

瑠璃染めの房飾りのついた懐刀を差して、本番のイメージも固まったところで、子供たちと飾りものを作っていた香帆がふたたびこっちにやってきた。

「わあ、ゆず、めっちゃきれい」

「ほんときれいねえ、ゆずちゃん。やっぱり女の子はこれくらいの年頃が一番輝くわ」

ほかのおかみさんたちも眺めにやってきた。

「そう、女は十九から二十五歳くらいまでが勝負ね。そこまででええ男つかまえとかんと、もうあとは萎《しお》れていくだけなんやき。賞味期限が過ぎたら終わりやきね」

裾をたくしあげて褄《つま》取りの練習をしていた真莉のママが言うと、

「出た、昭和のクリスマスケーキ理論。それもう古いから。昔の三十《みそ》路といまどきのアラサーじゃ美しさがちがうでしょ、いまはみんなめっちゃきれいやき」

「そんなの化粧品の質が上がったのと、美容医療で課金してごまかしちゅうだけやない。からだの年齢は変わらん。遅くとも三十までに一人目を産み終えてんのが理想ながよ」

「あーやだやだ、さすがにその考えは昭和臭《しょうわしゅう》がきつすぎて無理だわ。結婚なんか三十過ぎで十分やし、せんでも生きていけるがやき。昔の価値観を押しつけんとってよ、ねえ、ゆず」

「……うん」

柚希もこれには苦笑いしかできなかった。たとえ正しい意見だとしても自分たちにはなじめない。

「えいやない、ゆずちゃん、もうこのまま翔真と結婚しちゃいなよ」

「そうそう、男もえいのは二十五歳まででで売り切れてしまうんやから」

「ふたりともまっことようお似合いちや。祟《たた》りが起きたら怖いき、ここはもう一緒になっちょきや」

冗談めかしているが、おかみさんたちの目は本気だ。実はみんなで説得にかかってきている。

なにか返さねばと言葉を探していると、

「だから無理だってば。ゆずはアキと結婚したいんやから」

香帆に言われ、ぎくりとした。

「えっ？」

おかみさんたちがいっせいに口をつぐんだ。

しんと静まり返ったなか、

「……なに言いゆう、香帆」

柚希はぼそりと非難する。信じられなかった。助け船のつもりだろうか。

いや、たぶんちがう。

香帆はくすりと笑った。

「さつきの葬式のあとも、最後は仲良うふたりだけで帰ったやない。慧《けい》が言うてたよ」

慧がみずから喋《しゃべ》ったのではなく、香帆が根掘《ねほ》り葉掘《はほ》り聞いたのだろう。

「明くんて、高階《たかしな》さんとこの下の子？」

「ああ、明人くんね。なに、ゆずちゃん、つきあいゆうが？　もう結婚の約束まで？」

おかみさんたちがざわつきだした。

「してません、全然そんなんじゃないです。つきおうてもないし」

冷静をよそおい、必死にとり繕《つくろ》った。自分のために、お守りのようにひた隠してきた想いを、こんなかたちで暴かれたくなかった。顔は赤くなるのではなく、青ざめていただろう。

「明人くんねえ、すらっとして、爽《さわ》やかでえい男になっちょったもんねえ。おばさん、お葬式のとき思わず見惚《みと》れてしもうたわ」

「まあ、子供のときから顔の整うた子やったよね。いまは東京の大学に行っちゅうがやっけ」

「うん。うちらなんか逆立ちしても行けん、すんごい頭いいとこ。理系の学部で、微生物の研究とかしてるんだって」

香帆がなぜか得意げに告げた。

「へえ、昔から賢かったきねえ」

「やけんど、もうあの子は都会の子になってしもうたがやき、ゆずちゃんはあきらめるしかないよ。ねえ？」

おかみさんのひとりがまたたたみかけてくる。

「そうそう。東京の話なんてついていけんやろう」

「会いに行くのもひと苦労や。翔真にしちょき」

明人によそ者の烙印《らくいん》を押して排除しようとしている。

きもちわるい。

島の漁業にもかかわることだから、しきたりを守らないことに異議を唱えたくなる気持ちもわかる。むしろ、これが正しい姿なのだろうけれど。

「翔真だって海の上じゃ頼りがいあってえい男ちや。無線も船舶《せんぱく》の免許も持っちゅうし。面倒見もえいき、ゆくゆくは漁撈長《ぎょろうちょう》になるがやない？」

「そうですね……」

柚希はだれの目も見ずに、あいまいにほほえむ。

柚希が島守にならないという選択はなからないのだ、このひとたちの頭には。

「そういえば翔真のやつ、最近、お酒にますます強くなって、こないだなんかうちで焼《しょう》酎《ちゅう》一本あけてさあ……」

　香帆が笑いながら話題を変えると、

「吉正丸《きっしょうまる》の乗組員たちは、セリ場から帰ってくるといっつも酒飲みながら落札価格の話やき、日々、鍛えられちゅうのよ」

　おかみさんたちものってきて、それきり話がそれたので、柚希は少しほっとした。

（なんでわざわざ明くんの名前を出したの……？）

　柚希の反応を見たかったのだろうか。

　別の話で盛りあがっている香帆は、もう柚希の本心などどうでもよさそうだが、なにかしらの腹積もりはあったはずだ。

　昔からこういう子だからいまさら怒りもわかないけれど、いらぬ波風は立てないでほしかった。


　衣装合わせが終わるころ、ひと目で漁師とわかる、よく陽に焼けた白髪交じりの男性が公民館にやってきた。さつきの父親の遠野恒史《とおのひさし》だった。

「あら、遠野さん、どうした？」

そばにいた真莉の母が、出入り口の彼に気づいた。

「柚希ちゃんか?」

年の若い香帆と柚希を見比べてから、父親はこちらに声をかけてきた。幼少期からの顔なじみではあるが、久しぶりなので迷ったのだろう。

「はい」

着つけに使った紐をそろえていた柚希は返事をして立ちあがった。

「ああ、よかった。今日、ここで祭りの準備をしゆうと聞いたき、来たがや。実はさつきの遺品の整理をしよったら、きみ宛《あ》ての荷物思われるもんが見つかってね」

さつきの父はそう言って、近くに来た柚希に紙の手提げ袋を手渡してきた。

紙袋の中には一冊の文庫本と、プラスチックの小さなボトルが入っていた。

「これ……」

文庫は、以前に彼女に貸したものだ。

ミヒャエル・エンデの『モモ』。返さなくてはならないと成人式の日にも話していたのに、ずるずるとここまできてしまった。

柚希がこの本を読んだのは中学のころだ。夏休みの読書感想文を書くために買った本で、表紙の絵柄が精緻《せいち》で興味をひかれたから手にしただけなのだが、活字慣れしていない自分でもおもしろく読めた。

　表紙を見て、さつきに貸した当時を思い出し、ひどく懐かしくなった。

「きみの物であっちゅうかえ？」

「はい、うちのです」

「いつまでも借りちょったら悪いき、はよう返すようなんべんも世話を焼いたがやけど、そのたびに『返したら二度と会えんようなるやんか』言うてきかなくてね」

「そうだったんですか」

　べつにそんなことないのに。さつきも案外さびしがり屋だったのかもしれない。まったくそんなそぶりを見せなかった彼女に、いまさらながらにほっとした。

「ありがとう。祥子もなんべんも読みよった。大人が読んでもおもしろいって」

　父はほほえましげに目を細めた。優しげな表情だ。訊いてもいないのにわざわざ語るなんて、八重子が言ったとおり夫婦仲がいいのだろう。

「こっちはなんでしょうか？」

　小瓶を取り出して見てみると、ラベルには『海宝《かいほう》の雫《しずく》』とあった。効能の欄《らん》には滋養強《じようきよう》壮《そう》と書かれている。中身は錠剤《じようざい》のようだ。

「健康食品や。おなじ手提げに入っちょったき、きみにあげるつもりやったがやないかな。

なにも聞いちょらん?」

「いいや」

「よかったら、もろうちゃってくれ」

「はい」

どうしてさつきはサプリメントなどくれたのだろう。貸した本と一緒にしてあったところを見ると、彼女が自分のために支度《したく》してくれていた可能性は高そうだが。

「ありがとうございます」

本人の口から理由を聞きたいが、それが叶わないのがせつない。

ひとまず父親には礼を言って、ありがたく受け取っておいた。

## 3.

その夜、柚希は香帆の家が営《いとな》む居酒屋〈魚蔵〉に向かった。

〈魚蔵〉は海に面した道路沿いにある。

かつては香帆の母が牡蛎《かき》漁のかたわらで女将《おかみ》をつとめていたらしいが、急死したためにいったんは店を閉めた。

その後、調理師免許を得た二番目の息子が四年ほど前に店を改装して再開させた。香帆は本土の商業高校を卒業してから、ずっと店の手伝いをしている。

店には、香帆の招待で何度か訪れている。

店内はカウンターと座敷にわかれていて、わりとゆったりした造りだ。壁には大漁旗や筆書きされたメニューが並び、漁村の居酒屋らしい雰囲気《ふんいき》である。

今夜は真莉も誘ったが、明日は仕出し弁当の予約が入っていて早出なので遠慮《えんりょ》しておくとのことだった。

引き戸をあけて店に入ると、同級生のほかにも常連客らしき中年のおじさんも数人飲んでいた。

「あっ、ゆずが来た。いらっしゃーい。こっちこっち」

カウンターの向こうでお酒を作っていた香帆が手招きをした。

柚希は呼ばれるままに香帆のもとにむかう。

「こんばんは」

カウンターに集まっていた同級生が挨拶《あいさつ》してきた。翔真も明人もいた。

「なに飲む？」

「えっと、梅酒のソーダ割りで」

「ゆずの好きなやつね。りょうかーい」

柚希はどの居酒屋に行ってもほぼ決まった飲み物しか頼まない。そして酒には弱いのでたいてい一、二杯までだ。

「今日、公民館で祭りの神輿《みこし》飾りの準備しよったがやけど、ゆずの白無垢《しろむく》姿がめっちゃきれいやったの。あんたらにも早う見せてやりたいわ」

香帆がソーダ割を作りながら、自慢げに喋《しゃべ》りだした。

「おー、もうじき結婚式か。　あれ、あの祭りっていつだっけ？」

「十二日やろ」

「翔真とだよな。おまえら、まさか本気で結婚すんの？　え？　せんよな？」

「ん？」

翔真がとぼけたようすで目をみひらく。

「お？　すんの？」

「すりゃええやん、せっかく式まで挙げるんだからさ」

「意外とお似合いなんじゃね？　守子って、くじびきで決まったんやっけ」

「ってことは相性もばっちりなんやろ」

「だよね、要するに神に選ばれし運命のふたりってことやろ？」

女子までが言いだした。運命――八重子もおなじ言葉を使っていた。

「いやいや、そこはわかんねえだろ」

翔真もさすがに苦笑いで否定するが、

「いやいや、そうでしかありえねえだろ」

「あっ、奥様、席変わろっか？」

翔真のとなりに座っていた子が、柚希を見て腰を浮かせかける。

「え……いいよ、べつに」

ノリの悪い柚希は真に受けて、きまじめに返してしまう。

(やめてよ)

子供時代の不快な感覚が一気によみがえった。

昔もこうだった。みんな、おもしろがって守子の自分たちをからかうのだ。こんなとき、翔真が露骨にいやな顔を見せて抗議するから、それを見るのがまたつらかった。

守子に選ばれたこと自体は、常に特別な存在でありたがった彼にとっては名誉だっただろう。だが、相手が地味でおとなしい柚希なのが問題だったのだ。子供だから遠慮がなくて、こいつとの結婚なんかまっぴらごめんなんだ、と全身で訴えているのがありありとわかった。柚希は囃《はや》したてるまわりの子たちを恨みながら、貝のごとく押し黙ってやりすごすしかなかった。

香帆やさつきみたいに気の強い子だったら、自分も堂々と啖呵《たんか》をきって蹴散《けち》らせただろうに。

（当時とたいして変わらないな……）

からかうまわりの子たちと、それを迷惑そうにいなす翔真を苦い思いで見ていると、

「おまえら、簡単に言うなよ。それよりおかわりどうすんの。慧は生大《なまだい》もう一杯？　直哉《なおや》はハイボールいくか」

それまで黙って会話を聞いていた明人が、空《から》のジョッキに手を伸ばして話題を変えてくれた。

「ハイハイ、生大一丁ね。今日はじゃんじゃん飲んでねー」

気づいた香帆も流れを変える。これ以上の悪乗りはよくないと踏んだのだろう。こんなところも昔とおなじかもしれない。

おかわりがみんなに行き渡るころには、話題はすっかりそれていた。

柚希は「トイレ行ってくるね」と小声で香帆に告げ、さりげなく席を立った。さして用を足したいわけでもなかったのだが、なんとなく気持ちを切り替えたくなった。

暖簾《のれん》を押しわけ、お手洗いに続く小狭い廊下《ろうか》に出てから、柚希は溜息をついた。

ひさびさに思いだした。あの、まわりからの無責任な圧力。残酷《ざんこく》な好奇心。みんなはしょせん他人事《ひとごと》だから言いたい放題だ。そしてすぐに忘れる。

当時とゆいいつちがうのは、翔真にその気があるかもしれないところだろうか。

（でも、美玖ちゃんのことが好きなくせに……）

もし柚希と結婚して島守になるつもりなら、美玖との関係は遊びということになる。不誠実だ。

（どっちにしてもいやだな）

いまひとつ気が晴れないままトイレから出てくると、通路の端で翔真が待っていた。

「あ」

柚希は思わず声に出してしまった。

彼も用を足しに来たのかと思ったが、

「話があるんだ、ちょっと浜に出ないか？」

出入り口のほうを親指で指しながら言った。

まともに目が合って、どきりとした。いつもできるだけ避けて過ごしてきたから、彼のまじめな表情を見たのはずいぶんひさしぶりだった。

店の前の道路を渡ると、海沿いの歩道の一箇所《かしょ》に浜に降りるための階段がある。幼少期に幾度となく行き来した、なじみのある狭いコンクリートの階段だ。

街灯の明るみを頼りにその階段を下りて、ふたりは浜辺におりた。

満ち潮のため、砂浜がいつもより狭かった。海風も吹きつけて、丈の低いうねりがくりかえし押し寄せている。

「さっきはごめんな」

翔真が沖を眺めたまま、波音にかき消えない程度のおとなしい声で言った。いつもの陽気さはなかった。

「どうして翔真くんが謝るの？」

「あいつらも馬鹿やけど、俺がはっきりせんのも悪いからさ」

翔真は一度だけこちらを見て、視線を足元に落とす。

「昔からいやだったろ、ああいうの。……ずっと謝りたかったが。悪かったよ。アキに言われて気づいちょった。俺もいやだけど、ゆずもおなじくらいいやなんだってさ」

「明くんが……？」

「ああ。いつだったかな、たしか中学にあがるころやった思う。文句言うたり、いやがっちゅうのをあからさまに顔に出したりするのが、どんだけあの子を傷つけてんのか、えいかげん気づけって。なにも言わんで堪えちゅう彼女のほうがずっと偉いってな」

「明くんがそんなことを？」

守子をからかう子たちのなかに、たしかに彼の姿はなかったが――。

「アキはそういうやつだろ。いっつもいろいろ見えとって、まちがいは許さん。裏番《うらばん》つうか、海でも陸《おか》でも、実は主導権握ってたのはたいていあいつやったきな」

「……そうなんだ」

みんな明人がいないと心もとない感じではあったけれど。

「だけど結局、俺もゆずもどっちも被害者だろ。クソなのはいつまでも島に残っちゅうしきたりながや。そう思うと素直になれんくて、謝れんままここまで来ちまったんだけどな。

……だから、ほんとごめん」

翔真がきっちり身を屈めて頭を下げた。声音《こわね》には男らしい誠実さが滲《にじ》んでいる。

「…………」

驚いた。

クソなのは島に残ってるしきたり――翔真もそういう感覚だったのかと。

「顔、あげて」

柚希はそっと翔真の肩にふれた。

翔真はこちらに向きなおった。

「翔真くんも、島守のこと、よく思ってなかったんやね……」

ずっと本音はわからなかった。漁師として島を愛しているはずだから、いまもしきたりを厭《いと》う感情などないのだと思っていた。

「そりゃそうだろ。あんなわけわかんねえ制度、いまどきありえねえよ」

「わたし、てっきり島守を誇りに思うてるのかと……。相手がわたしだから気に入らんかっただけで」

「そこはまあ……、だからごめんって。でもいまはおまえに対して昔みたいな気持ちにはならんし、おまえがどうこう以前にあのしきたりに腹立っちゅうよ」

やはり、当時は柚希が相手なのが気に食わなかったのだろう。けれど反省してくれているのならもう水に流して忘れよう。

「ごめん。わたしも言われっぱなしで悪かった。言わずに堪えたっていうより、言えんかっただけやし」

しきたりに背くのを許されなかったのは翔真もおなじだ。だから、島守になりたくなかったのだとしたらつらかったはずだ。この男なりにずっと悩み、苦しんできた。

自分は明人に味方してもらえたぶん、まだ幸せだったかもしれない。

翔真がポケットからたばこを取り出して、火をつけた。わだかまりもとけて、一息つきたいところだろう。吉正丸の乗組員は喫煙率《きつえん》が高いと父が苦笑していた。

「で、島守のことはどうする？」

よるべない心地のまま、柚希はきりだす。島守を厭う仲間が増えたところで、問題が横たわっているのに変わりはない。

「そう、実はそこについて話そうと思って声かけたがや」

あらかじめそのつもりだったふうだ。

「うん、わたしも話さんとって、ずっと思うてた」

葬儀のときも感じたが、翔真は昔よりもずっと性格が落ち着いた。そのおかげか、こっちも言葉がすんなりでてきて話しやすい。

「親父《おやじ》がさ、祭祀《さいし》が終わったらおまえと籍を入れろって言うがや。昔から、そういう流れやと」

翔真がたばこの煙を吐き出してから、まじめにきりだす。

「わたしもそう言われた。天谷家がそのつもりでおるって聞いたの。ほんと？」

翔真はどこまで本気だったのだろう。本音をうかがいたくて、暗がりでとなりをあおぐ。

「いや……」

　正直に否定するのも気が引けるようで、

「そのまえに、ちょっと腹を割って話させてほしいんだが」

　灰を砂に落としてから、翔真は続けた。

「ゆず、おまえ、いま彼氏とかいんの？」

　核心をついた問いだ。

「おらんよ」

「好きなやつは？」

「……それはおる」

　頭に浮かんだのはまぎれもなく明人だが、名を明かす勇気はなかった。

「そっか。……それだと、俺と結婚なんかしたくないやろ」

　翔真のほうも自分に気がないのは心得ているようすだ。

「翔真くんは。彼女おる？」

　美玖だとわかっていたが、あえて知らないふりでたずねてみた。

「おう。いずれは一緒になりたいと考えてる女がおる。でも、島守はどうなるがやって話になるし、島のみんなを裏切る引け目みたいなもんがあるんだよな」

「うん」

美玖との関係は遊びではないようだ。真摯《しんし》な口ぶりに、素直に応援したくなった。

翔真が自分との結婚を望んでいるというのは、おそらく島守のしきたりをまっとうさせるために両親たちが共謀《きょうぼう》してついた嘘だったのだろう。

騙《だま》してまでも結婚させたいなんて――。

「この島って、変だよね」

柚希は暗い海原《うなばら》に視線をうつす。

「ああ」

翔真も同意したが、厳しい顔で続けた。

「でも実際、海で仕事しゅうと神様はいるって思うよ。漁獲量なんか、潮や天気の影響をもろに受けて、日によってさっぱり獲《と》れん日もあるしアホみたいに大漁の日もある。海難事故とかもさ、ほら、おまえもおぼえちゅう思うけど、昔、あっちゃんとこのおやっさんが海に出たきり帰ってこなかったやろ」

「うん」

小学生のとき、個人所有の船でひとり漁に出た同級生の父親が亡くなった。

時間になっても帰港せず、沖で無人の船だけが見つかったのだ。べた凪《なぎ》だったせいか、その日に限ってライフジャケットは船に残されており、再乗船用の梯子《はしご》も設置されていなかったという。

「ああいうのって、もう運っつうか、海神《わたつみ》の力としか言いようがないやろ？　だから、祟《たた》りとかやっぱあんのかなって思うし、しきたりとか、あんまりないがしろにはできねえんだよ」

海の恐ろしさを知りつくしているからこそ、しきたりに背いておひれさまを敵に回すのは恐ろしいのだ。

「……そうだよね」

自分だって父や祖父の仕事ぶりを見てきた。祖母や母は、よく海に向かって手を合わせていた。海の怖さは、頭のどこかでちゃんと理解できているのに。

「ごめん」

自分本位でものを言っているのが恥ずかしくなって、詫《わ》びた。

「いや、いいよ。俺も正直いろいろと――」

翔真がなにか言いかけたが、

「どうしたの？」

「いや……」

翔真は迷った挙句《あげく》、やはり言い淀《よど》む。

波の音を聞きながらしばらく待ったが、たばこを吸うほかは口をつぐんだままだ。

「どうしたの？」

よく喋《しゃべ》る翔真にしてはめずらしく歯切れが悪い。悩むタイプには見えないが、いろいろと抱えているものはあるだろう。

島守にかかわることなのはなんとなくわかって、同情の溜息が出た。

「うちらって、ほんと、ふたりとも被害者だよね……」

決して好んで守子になったわけではない。しきたりにのっとって島のひとびとが勝手に決めたことだ。大昔は花嫁の座を争っていたのだと母は言っていたが、とうてい信じられない。

「どうすっかなあ」

ポケットタイプの携帯灰皿に吸い殻《がら》を捨てた翔真が、腕組しながら砂を蹴《け》る。

「うーん……」

柚希も押し寄せる波を見つめて唸《うな》る。島のために結婚はしたくない。けれど祟りを思うと責務を投げだすのは怖い。

お互いが決心がつけられず、答えが出せない。

「よし。とりあえず戻って飲んで忘れるか」

翔真が軽く言うので、噴きだした。

「忘れたらあかんよ」

「でも、ここでこのまま海眺めててもはじまらねえだろ」

「うん。はじまらない」

ふたりで苦笑した。海が答えを出してくれるわけでもない。

「でも翔真くんと話せてよかった。なんだか半分肩の荷がおりた感じする。ありがとうね」

柚希は翔真の目を見て伝えた。子供のころからずっと彼に抱いていた凝《こ》りかたまった負の感情が、いつのまにかほどけてなくなっている。

「おう。もっと早く話せばよかったわ」

「そうやね」

お互い、はにかんだような笑みがこぼれた。わだかまりをとくのに何年もかかってしまった。

「戻ろうぜ。どうせあいつら、変な噂《うわさ》してやがんだろ」

「うん」

ふたたび砂を踏んで、ふたりとも階段のほうに歩きだす。

どうするか決まらないままではある。でもおなじ守子の翔真とわかりあえたことで、気持ちはずいぶん楽になった。島守の役目を放棄するにしても、その責任をひとりではなく、ふたりでわかちあえる。あたらしい連帯感がうまれた。

一方でそれは、どちらかの意志ひとつでは足抜けできない枷《かせ》でもあるのだが――。

従来どおりなら、大祭が終わったら籍を入れて島守になる決まりだ。そのときまでに、ふたりで答えを出さなければならない。


〈魚蔵〉からの帰り道、明人と一緒になった。

ふたりきりになるのは二度目だし、夜で多少のお酒も入っていたせいか、葬儀の日の帰りほどの緊張はなかった。

柚希は昼間、さつきの父親から受け取った謎のサプリメントを見せた。明人に会えたら話すつもりで持参したのだ。

「貸していた本と一緒にこれが入ってたの。どう思う？」

ちょうど街灯の下に来たので明人は足をとめ、手渡された瓶《びん》のラベルに目を凝らした。

「『海宝の雫《しずく》』か。いかにもなネーミングだな。……主な成分は亜麻仁油《あまにゆ》、スッポン卵、無臭《むしゆう》ニンニク、ミツロウ、酸化防止剤、ゼラチン、グリセリン、着色料。どこにでもありそうな感じのサプリメントだね」

「効能は滋養強壮《じようきようそう》だって」

「きみにあげるつもりだったんだろ。どっか悪いの？」

「ううん」

柚希はかぶりをふった。いたって健康である。

「まあ、昔からなに考えてるかよくわかんないやつだったよな、さつきは」

明人が耳元で小瓶を軽くふって、中身が錠剤《じようざい》であるのをたしかめながら歩きだす。

「うん、自由な子だった」

心が自由であるという意味だ。実際どうだったのかはわからない。

「成人式の日に、僕が『一緒に島を捨てよう』って言ったのおぼえてる？」

「うん、おぼえてるよ。うれしかったから」

正直に告げると、明人はひとつ頷《うなず》いてから、

「あれ、さつきからそう言うようにすすめられたんだ」

「さつきから？」

「ああ。島を出るなら、いつか、ゆずのことも連れ出してあげてって。中学卒業したあと、僕が東京に発《た》つときだったな」

「そんな昔に？　どうしてさつきが明くんにそんなこと……」

「さあ、わからない。きみがこの島を出たがってるのを知って、どうにかしてあげたかったんじゃないかな。彼女とそれらしい会話をしたことは？」

「島を出るべきだって、何度も言ってくれてたけど」

とくに進路を迷っているときが多かった。いま思えば、彼女は一貫して島を出るよう言い続けていた。

「当時、僕もきみを誘いたかったけど、あのころの自分はまだ無力で、きみにそんな無責任なことを言うわけにはいかなかった」

明人は当時をふりかえって肩をすくめる。

そんなころから誘う気があったなんて驚きだった。

「それで成人式に言ったの？」

一緒に島を出ようと。

「驚いた？」

明人は少し笑った。

「……うん。いきなりだったから。明くんも島が嫌いだったんだなってびっくりした。でも、さつきがきっかけだったんだね」

「べつにあいつに言われなくても、僕はいずれきみを誘ったよ」

「え？」

暗がりで明人をあおぐと、目が合った。

幼少期には見せなかった、煽《あお》るようなまなざしにどきりとした。あの日もふたりきりだった。こんなふうに互いの距離が近くて、幼かったころとはまるでちがう、意味深長《いみしんちょう》な発言をする明人に心をかき乱されたのだ。

このいまも――。子供のころに見え隠れしていたいたずらっぽさは、ひとを上手《じょうず》に惑わす危うさに変わった。

絡んだ視線をほどけないままでいると、彼が目の前にサプリメントをちらつかせた。

「これ、しばらく僕が預かってもいいかな」

「……いいけど」

どうするつもりなのかと思っていると、

「ちょっと調べてみたいことがあるんだ。すぐに返すよ」

なにかが気になっているようすだが、それ以上は語ろうとしない。

「わかった」

断る理由も見つからないので承諾《しょうだく》した。

明人はサプリメントをパンツのポケットにしまうと、

「ところで、さっき浜で翔真となに話したの？」

ふたりして一緒に席を外していたのだから、だれでも気づくだろう。みんなで話のネタにされていたかもしれない。店に戻ったときは何事もなかったかのように受け入れられたけれど——。

「島守について話してた」

柚希は正直に答えた。明人もそうだろうという顔で受けとめ、

「翔真とどうすんの？」

あえて軽くたずねてきた。島守として腹を括《くく》るのかどうかを知りたいのだろう。

「わたしは結婚したくない」

空を見上げながら答えた。星がたくさん散らばってきらきらしている。

「翔真くんもしたくないって。好きな子がいるんだって」

「そうらしいね」

相手がだれなのかも知っていそうな口ぶりだった。仲がいいから、きっと美玖のことは

聞いているのだろう。

「でも、翔真くんもずいぶん迷っているみたいだった。わたしとの結婚はもちろんだけど、ほかにもなにか……、なんやろ、島のしきたりのこと、よく思ってなくて……、本人もなんかはっきりしないんだけど、言葉にできないの。なにかをひとりで抱えてるみたいな感じ」

昔よりもうちとけられたのはよかったが、そこだけは悪い意味で翔真らしくなかった。

「あいつが迷う気持ちはわかるよ。海は恐ろしいから。漁撈《ぎょろう》なんて毎度命懸《いのちが》けで、神に祈るしかないときもある。だから験担《げんかつ》ぎをするひとは多いし、神事をおろそかにはできないんじゃないかな」

翔真とおなじことを言っている。たしかに父も神社への参拝などは欠かさないし、迷信を信じたりしている。貝は執念深いから、むやみに殺してはならないとか。

「わたしたち、どうすればいいんやろ……」

柚希だって、父も含む十四家の漁師たちの気持ちはわからないでもない。けれど、得体の知れない祟《たた》りを恐れ、島守という肩書に人生を支配されるのはいやなのだ。

そろそろ答えを出さなければならない。重い責任のともなう答えを――。

「相手が明くんだったらよかったのに」

自棄《やけ》になって、冗談まかせにつぶやいてしまった。それを言っても許される空気だったし、本音だという自覚もあった。

けれど数拍の沈黙がおりた。

やっぱりリアクションに困るかもと、柚希が悔《く》やみかけていると、

「僕は自分が守子だったとしても島には残らないよ」

実に冷静に明人は言った。

「どうして?」

見ると、涼やかな双眸《そうぼう》には一切のゆらぎもなかった。答えなら、もうとうの昔から出ていたとばかりに。

「漁業には興味が持てない。漁師にならないのなら、この島にまともな働き先はないから」

「……そうだよね」

もっともな意見である。

「それに、きみのことも連れ出さないと」

「え?」

「きみだって、僕が相手でも守子になんてなりたくないだろ?　子供のころから見ててわ

かったよ。この島が好きじゃないって」

「それは……」

島守の相手が明人だったらどうだったのかはわからない。でも島を嫌いなのは変わらない気がした。

「僕もおなじだよ。この島にはなにかある。島守のしきたりやおひれさまの存在に縛《しば》られて、住民の意識が少しずつ歪んでいる感じがするんだ。祖父が網元《あみもと》をやめた真の理由もそこにある気がする」

「真の理由？」

柚希は眉《まゆ》をひそめた。

「ああ。表向きは乗組員の事故死やら漁具の老朽化《ろうきゅうか》を理由にしてたけど、それはほんとうの理由ではなかったと思うんだ。うろおぼえだけど、昔、うちのはなれに、元網子だった仲間たちが相談に来ててさ」

「十四家のひとたちが？」

「そう。彼らが祖父と妙な話をしてるのを兄さんと立ち聞きしてしまったんだ。船の新造についてだったけど、だれの船の話かはわからない。赤子の位置はどうするとか、もう新造自体を取りやめにするとかどうとか、よくわからないことで揉《も》めてた」

「赤子の位置？　赤ちゃんを船に乗せるの？」

「うん。でもあとから祖父に、だれの船でなんの話だったのかを訊いても答えてくれなかったんだ。うちにはもう直接かかわりのないことだと適当にはぐらかされて、しまいには怒りだして、僕たちから必死になにかを隠してるみたいだった。祖母に訊いても両親に訊いても似たような反応でさ」

「それって……、島守にかかわること……？」

　十四家が集まって話していたというのなら——。

「たぶんね。だから、なにかあるんだよ。子供たちには言えない、ろくでもないなにかが。祖父は、それを受け継いでいくのがいやで網元をやめたんだと思う」

　そうすることで、少しずつ島の因習を崩していきたかったのではないかと。

　明人は続けた。

「……この島はきれいなのに観光地化もせず、すべてが昔のままで新しい風がまったく入ってこない。なにかわけがあって入れられないんだろうけど、大人たちはみんなそろって気味悪いほどに固く口を閉ざしてる。そんな閉鎖的な土地の、奇妙なしきたりに縛られて生きるなんてごめんだろ。だから僕は、自分が守子だったとしても遅かれ早かれ島を出たはずだよ。きみを連れてね」

柚希は足を止めた。

「どうしてわたしまで連れ出してくれるの。さつきに頼まれたから？」

問い返すのが、自分ではないような感じがした。ふたりで一緒に島を出る——現実味に欠けた、絵空事のような話だ。それを願う一方で、はなからあきらめている自分がいる。

明人も立ち止まった。

「僕の意志だよ。きみのことが好きだからだ」

そのとき、海沿いの道路から車が入ってきた。

とくに危険なスピードでもなかったけれど、明人がなんとなく柚希を自分のほうにひきよせた。

距離が一気に近くなった。ライトに照らされた明人の視線は、じっと自分に注がれていた。熱をおびたそのまなざしが深く脳裡《のうり》に焼きつく。

車が去っても、明人は柚希をはなさなかった。ライトに視界を撹乱《かくらん》されたような感覚のまま、暗がりで視線をさまよわせているうちに——明人に口づけられた。

一瞬、なにをされたかわからず、息がとまりかけた。

明人が近すぎて、胸だけが異様にどきどきしていた。

ためらって顎《あご》をひきかけると、いったん唇をほどかれた。

「ごめん。いやだった？」

耳のそばで彼の声が聞こえる。それくらいに距離が近かった。

「ううん」

頬《ほお》が熱をもっているのがわかった。頬だけではない、からだ中が熱くて胸の高鳴りがおさまらない。

「好きだったんだ、ずっと」

島守の役目をどうするのか。引き受けるのか、断るのか。断るのは許されるのか。まだ答えがえられていないのに、明人が踏み込んでくる。

うつむいて、なにも言えないまま固まっていると、

「困らせてごめん」

そっと頬にふれて、詫《わ》びられた。

けれどどこの詫びも、気もそぞろな相手を懐《ふところ》にひきこむための甘い囁《ささや》きと、なんら変わりはなかった。その証拠に明人は、腰を抱いてふたたびくちづけてくる。

明人がどうして自分を好きなのか、冷静になって考えようとしたけれどできなかった。

抱かれたからだは、真夏の浅瀬のぬるい海水に浸かっているような、心地よくも、危うくもある温《ぬく》みに包まれている。

自分のなかで明人が特別だったのは、島嫌いの自分の味方になってくれるかもしれないという淡い期待と希望があったからだ。いつかまた手を繋《つな》いで、この忌《い》まわしい靄《もや》に覆《おお》われた島から一緒に逃げてくれたらいいのにと。

あの日、浜で助けられた日からずっと、決してなにもしてこない彼をもどかしく思いながら、どこかで祈るように夢見ていた。

遠くはなれた都会の空の下で生きる彼を思えば叶うはずもなく、はかないお守りのようなものだったのに。

まさか、こんなにも急に現実味をおびてくるとは思わなかった。


家の近くで明人とわかれた。

そこから門に辿《たど》りつくまでのあいだも、当然ながら冷静にはなれなかった。

好きだと告げた低くやわらかな声が耳の奥からはなれない。

明人が一緒なら、島のひとびとを敵にまわしても怖くはない。そう思えるほどに彼の存在は強くて大きかった。

このまま島守の役目など忘れて、島を出てしまえたらどんなにいいか——。

けれどそんな妄想をめぐらせて浮かれかけていた柚希は、門の前まで来て、はっと息を呑《の》んだ。

（水……？）

アスファルトが水に濡れているのが暗がりでもはっきりとわかった。そして鱗《うろこ》。例の大きな鱗が無数に散らばって、門灯の鈍い明かりを受けて薄気味悪く光っているのだ。

火照《ほて》っていたからだだから、さあっと熱がひいた。

（どうして……）

柚希はその場に立ちつくした。

天沼神社の帰りに見た現象とおなじだ。地面に染みた水はおそらく海水だ。

あのときも明人のことを考えていた。彼が恋しくて、会いたいと強く思っていたのだ。

それを戒《いまし》めるかのように、この水溜まりに遭遇《そうぐう》した。

（わたしが島守の責務から逃れようとするから……？）

やはり、これはおひれさまの祟《たた》りの予兆ではないのか。このまましきたりを破れば、恐ろしいことが起きるのだと――。

魚の屍骸《しがい》が放つ異臭《いしゅう》に近い、濃い潮の匂《にお》いが鼻腔《びこう》を圧迫する。もの言わぬはずの鱗が異様な光を放って脅《おど》しかけてくる。

「やめてよ……」

追いつめられるような恐れとおののきにじわじわと苛《さいな》まれながら、柚希は鱗を避けるように歩いて家の門をくぐる。

さっきまで、明人と一緒にいられて幸福だったのに。

玄関の戸をあけるころには、吐き気がするほどの絶望に陥《おちい》っていた。

# 第四章

## 島守夫婦の真相

# 1.

八月七日。

島に帰郷してから一週間あまりが過ぎた。

柚希《ゆずき》は自分の部屋の床に寝転がってぼんやりしていた。

スケッチブックと2Bの鉛筆が投げ出されていた。大学の課題にとりかかったものの、下絵の段階で滞《とどこお》っている。邪念が多すぎるのだろう。アイデアがふくらまず、さっぱり手が動かない。

エアコンをつけていても、なんとなく蒸し暑かった。台風が接近しているのだ。

柚希は寝がえりをうって溜息をついた。

明人《あきと》への思いが募《つの》る。

〈魚蔵《うおくら》〉の帰り道にかわしたくちづけが忘れられない。彼の熱や仕草を思いだすたびに、からだの芯が疼《うず》くような甘い感覚が沸きあがってなにも手につかなくなる。彼と一緒にいれば、もうこの島からは自由になれる気さえするのだ。

なのに、ひきずられて祟りの予兆がよみがえる。あの大量の鱗の鈍い光が。

翔真《しょうま》と夫婦になる気はない。翔真にもその気はない。だが島がそれを許さないのではないか――。

ふと、机の上に置いてある、さつきから返された本が目にとまった。

彼女はなぜ死んでしまったのだろう。自分の中で、あいかわらず彼女の死はあいまいなままだ。

『瑠璃《るり》の闇って見たことある？』

中二の納涼祭《のうりょうさい》の夜、瑠璃ケ浜《るりがはま》でさつきに問われた。

『瑠璃の闇……？』

『夜明け前の空に似た、不思議な色の闇よ。あたし、つらいときはいつもその闇を思い出して自分を励ましてる』

瑠璃色は紫がかった濃い青色だ。群青色《ぐんじょういろ》に近い。その闇となると、黒く翳《かげ》っているのだろうか。闇は負の印象が強いのに、なぜ励みになるのだろう。

あまりよく理解できないでいる自分に、さつきは沖を見つめて続けた。

『あたし、ここへ来てまもないころ、見取り岩の陰で溺《おぼ》れて死にかけたことがあったの。ほんとうの母親の話を聞いた次の日くらいだった。ショックで死にたくなって、でもやっぱり怖くて死ねなくて、生きようと思ったときに溺れたんだ……』

見取り岩とは、子供たちが遊ぶ浜にある岩礁《がんしょう》のひとつだ。満潮になると外海側はかなり深くなるので、あまり近づかないように言われている。

さつきの出生については詳しく知らないが、当然、生みの親が存在するはずだ。どんなひとだったのだろう。

『溺れかけるとね、水から這《は》いあがればいいって思うでしょ？　でもからだが頭まで沈んでると、どっちが上でどっちが下かわからなくなるの。もがいてももがいても、それがどこに向かってるのかわからない。それで、力尽きてしまうのよ。でもあたし、そのとき見たの、瑠璃色の闇を。その闇の中から生まれたたくさんの気泡《きほう》が一方向に流れていくのが見えた。そいつについていけば、水から這いあがって生きられるんだって思ったの』

あたしはあの日、瑠璃の闇から生まれなおしたのだ、とさつきは言った。

『それから、気づくとママがあたしを掬《すく》いあげてくれてた。あたしを引き取ってくれたママがね。おまえは絶対に死んじゃだめだって、思いきり抱きしめて泣いてたの。ママはいつも眠そうだけど、そのときだけは別人みたいに意識がはっきりしてた。だからあたしは、あのママにもう一度会うためにずっとこの島にいるつもり』

おとなびた、ほろ苦い笑みを浮かべてさつきは言った。

『島は嫌いだけど、ママのことは好きだからさ。ママがかわいそうだから出てかないよ。

こんなとこにひとり残してけないじゃん』

それが、さつきが島を出ない理由だった。

出ていけないという言い方はしなかった。いかないのだと。養母のそばにいるのを自分自身が選んでいるのだと強いまなざしが断言していた。

死のうとしたけど、一度はそれを乗り越えている。養母のためにだって生きねばならないのだ。

(だから、きっと自殺じゃない)

他人の苦しみなど、ほんとうの意味で理解することはできない。強かったひとが、あるとき急に、張りつめていたものをふつりと切らしてしまう瞬間もある。だから、今回が自殺でないとは言いきれないけれど。

(でも——)

そうなると、さつきの死因はよくわからなくなる。

ただの事故?

深酒をしていたから、今度は瑠璃の闇を見ることはかなわなかったのだろうか。

柚希はスケッチブックを手にし、真っ白なままのページを見つめる。

「もう一回、神社に行ってみようかな……」

あの境内《けいだい》の左側にある〈人魚塚《にんぎょづか》〉の断崖《だんがい》から海を眺めてみれば、まだ頭の中で形になっていない漠然《ばくぜん》としたイメージがはっきり像を結びそうなのだ。

このまえは注意されてしまったが、宮司《ぐうじ》にひとこと断りを入れれば許しがもらえるかもしれない。

別の下心もあった。

以前、宮司は、結婚など無理にするものではないと言ってくれた。

頑固な漁師たちも、宮司を味方につけて説得すれば押し切れそうな気がしている。

翔真の本音も聞けたところで、もう一度、自分たちの気持ちを宮司に話して味方になってもらおうと考えたのだ。

「どこいくがや、ゆず」

出掛けようとすると、ちょうど漁港で台風対策を終えて戻ってきた父とばったりでくわした。

「ちょっとそこまで。すぐ戻るき、大丈夫」

「海のほうはもうだめやぞ、台風が近い」

「そっちにはいかないよ」

「気をつけろよ」

「わかった。行ってきます」

父は天候には神経質だ。風向きや月の満ち欠けなどを常に気にしている。海がしければ漁に出られなくなるから仕方ないのだが。

外に出ると、空模様はたしかに不安定だった。灰色の雲と重そうな雨雲が入り混じって、いまにもふりだしそうだ。

蒸し暑さはあるものの、風はまだゆるかった。肌が焼かれそうな炎天の真夏日より活動しやすい。

(ずっと曇りでいいのに……)

柚希は手提げかばんを肩にかけて、まだ乾いているアスファルトの歩道を歩いて神社に向かった。

もう少しで到着するというところで、スマホの呼び出しが鳴った。

見ると、明人からだった。あわてて電話にでた。

『いま、いい？　話があるんだ』

いつもの落ち着いた明人の声がした。

「うん。外だけど」

『どこにいるの?』

「神社の近く。課題の参考になる景色を探してるの」

『ああ、なら、そっちいくよ。待ってて』

「えっ、いまから来るの?」

『うん、車だからすぐ』

運転中らしく、スマホはすぐに切れた。話とはなんだろう。急ぎで伝えたそうな気配だった。

ほどなく車幅のある黒のSUVがやってきて、運転席から明人が顔を出した。

「おはよ」

「おはよう。ほんとにすぐだった」

「ガソリン入れてきた帰りなんだ。母さんに頼まれてさ。……車、停めてくる」

明人は神社のとなりに設けられた狭い駐車場に車を停めた。動きに無駄がなく、なめらかで安定した運転だ。明人らしいと思った。

車から降りて、鳥居のもとで待つ柚希のもとにやってくる。異性に媚《こ》びるような浮ついた感じは皆無の、いつもどおりの清廉《せいれん》な印象だ。〈魚蔵〉からの帰りの告白なども嘘のように爽《さわ》やかで、ものさびしくなるほどだった。

「明くん、いつ免許取ったの」

ならんで境内へと続く石段をのぼりだす。

「一年の夏休み。父さんが暇な学生のうちにとっておけって。東京じゃ必要ないけどな」

「わたしも卒業までに取らなきゃ。でも下手《へた》くそな自信あるの。友達の家でゲームやったらコースからはずれまくりで」

「あれとはまたちがうから大丈夫だよ」

明人は笑った。

階段をのぼりきって玉砂利《たまじゃり》の敷かれた広場にたどりついたが、左手にある社務所《しゃむしょ》のガラス戸は閉まっていて宮司の姿はなかった。

「宮司さん、いないみたい」

ひとこと声をかけて堂々と先に進みたかったのだが。

「いつもここに詰めてるわけじゃないんだろ」

あたりを見回しながら明人も言う。

また日をあらためようかと思ったが、

「行こうよ、せっかく来たんだから」

明人が境内の左奥の道のほうへ向かいだす。

宮司がいなければ咎《とが》める人もいなさそうなので、柚希もあとを追った。

〈人魚塚〉の断崖へと続く雑木林の道は、真莉《まり》とふたりで来たときと変わったようすはない。

「これ、返すよ」

明人は思い出したようにポケットからプラスチック製の小瓶《こびん》を取り出した。

先日渡した、サプリメント〈海宝《かいほう》の雫《しずく》〉だった。

「ありがとう。なにかわかった？」

柚希はサプリメントを受けとった。中身は詰まったままだ。

「うん。それ、高知の健康食品メーカーが作っているもので、原材料のすっぽん肉ってのが、どうやらこの島の工場から仕入れたものらしいんだ」

「この島ですっぽんなんてとれるの？」

「天然のすっぽんは九州や四国に棲息《せいそく》してるらしいけど、いまは養殖《ようしょく》が主流みたいだ。漁港から五百メートルくらいのところに大きな工場があるだろ？〈八富水産《やとみすいさん》〉ってとこ」

「さつきが務めていた工場？」

〈八富水産〉自体は、天沼島《あまぬまじま》の漁港で水揚《みずあ》げされた魚介類を集めて冷凍や干物《ひもの》加工する会社だ。商品は仲買《なかがい》や量販店、宿泊施設などに卸売《おろしう》りされていると聞いた。

「そこの敷地内に養殖場《ようしょくじょう》があるらしい」

「ああ、たしかにそれっぽいのがあったね。わたし、ずっとなにかの稚魚《ちぎょ》でも育ててるのかと思ってた」

小学校の社会見学のときだっただろうか。方形のコンクリート壁の飼育槽《ちいくそう》がいくつもならんでいるのを高みから眺めた記憶がある。

「調べたら経営者は翔真の叔父《おじ》さんだったよ」

「翔真くんの……」

狭い島だから、こんな偶然もある。

「で、あのあとすぐに急ぎで大学の研究室に送って成分を調べてもらったら、すっぽんからはとれないようなものがいろいろ入ってた」

「いろいろって、たとえば……」

「主に抗老化効果があるもの」

「抗老化効果……」

ふと、人魚の肉には不老長寿《ふろうちょうじゅ》や滋養強壮《じようきょうそう》の効果があると言い伝えられているのを思い出した。

「成分を分離したら、スクアラミンに似た構造をもつ物質も含まれていたそうだ」

「スクアラミン?」

「サメの胃や肝臓からとれる天然の抗生物質だよ。癌《がん》にも効果があるらしい」

サメは発癌物質にさらされてもそのスクアラミンを分泌《ぶんぴつ》するため、癌では死なない。ひとにも応用できる化合物であることが判明したため、現在、医薬品として開発されたものが治験中なのだという。

「人魚の肉かもな」

明人が言った。

つまりおひれさまだ。

「……………」

夏だというのに、なぜかぞわりと背筋が寒くなった。

「〈八富水産〉は表示成分を偽装しているということ?」

「すっぽんと書いてごまかしてる感じはする。島の漁師たちは、昔から人魚の存在をひた隠しにしてるから」

祟《たた》りを恐れてだろうか。抗癌作用や抗老化作用があるとわかれば希望者は殺到しそうだから、あまりおおやけにはしたくないだろう。個体数に限りもある。

「昔、噂《うわさ》があったよね。大人たちは人魚の肉でお金儲《もう》けしてるんだって」

「郷土史にも島民が人魚の肉を食べてたってあるからな。人魚漁はいまも行われてるんだ、金儲けのために。〈八富水産〉がその一翼《いちよく》を担《にな》ってるんだよ」

なんとなく知っているのに、だれもが気づかぬふりをし、あえて口にもしない。この漁村地区一帯にはとくにそんな風潮が色濃く漂っている。

「もしかしてさつきは、このことを知って……？」

明人は頷《うなず》いた。

「たぶんなにかの拍子に気づいたんだろう。で、きみに話すつもりだったんじゃないかな」

「なんでわたしに……。おなじ十四家の子だから？」

「それなら、島にいる香帆《かほ》に話せばいい」

香帆の家も十四家のひとつだ。

「そっか。じゃあ、守子《もりこ》だからとか……」

「僕はそう思う。翔真でもよかっただろうけど、あいつは漁師で大人側の人間だし、加工業者があいつの叔父だからね」

翔真では話しづらい、もしくはすでに知っていて、しらを切られると思ったのかもしれない。

「でも、どうして守子に話す必要が？」

「そこが僕もわからない。守子が人魚の肉の加工とどうかかわるのかが――」

明人も首を捻《ひね》っている。単純に、会社の余りものをくれたという見方もあるだろう。

ふと柚希は、見おぼえのある景色に足を止めた。風に吹かれてゆれる木々の隙間《すきま》から、波がしらの立つ海が見える。

「ここまでは、このまえ真莉と来たの」

せっかく来たものの、妙に胸がざわついていた。おひれさまにかかわる話をしているせいだろうか。

「今日はこの先に行ってみたかったんだけど、なんかちょっと怖くなってきちゃったな」

前回の真莉みたいだ。おひれさまの不気味な予兆を見たせいだろうか。

「怖い？　昼間なのに？」

明人はけげんそうだ。

「うん、なんとなく……。なにかあったら危険だって、こないだ宮司《ぐうじ》さんに注意されたばかりだし」

「ひとりじゃないから大丈夫だよ」

明人は少しほほえみ、先を歩きだす。彼が言うと心強かった。

崖《がけ》からの景色は、足を踏み入れられるぎりぎりまで行ってみたものの、枝葉を伸ばした木々や岩が行く手を阻《はば》み、期待していたほどの景色は望めなかった。

外海は台風前でも、まだ荒れてはいない。波頭がところどころにたっているだけだ。

「なんだ、この道」

明人が雑木林の中に小道を見つけた。ひとが開拓した道にしては頼りないが、なにかがくりかえし通っているのははっきりとわかる。

「獣道《けものみち》……？」

「それっぽいな。どこまで続いてるか辿《たど》ってみようか」

明人が歩きだすので、柚希も後を追った。あらたな景色が見られるかもしれない。

風が強まってくるなか、小道を歩いていくと、

「なにかある」

明人が前方の木々の隙間に目を凝《こ》らしてつぶやく。

「なにがあるの？」

柚希は前をゆく彼の背中に問う。

「小屋かな」

「小屋……？」

柚希はいやな予感をおぼえた。たしかに木々の建物らしきものが見えてきた。

「わたし、昔、怖い小屋を見た記憶がある」

「怖い小屋……？」

明人は歩をゆるめない。引き返す気はなさそうだ。恐れや不安にひきずられる臆病なタイプでもない。

「昔、子供のころ、みんなでかくれんぼしてたときに偶然に見かけたの。中でものすごく怖い景色を見て……」

例の、血腥《ちなまぐさ》い陰惨《いんさん》な記憶だ。

「真莉ちゃんに聞いても知らないっていうんだけど、血まみれの机みたいなのが並んでて――」

口にすると記憶の断片がまざまざとよみがえった。机の上には魚の鱗《うろこ》や目玉や、ひとの爪や指などが散らばっていた。当時の空気感などが妙に現実味をおびてきて、思わず口をつぐむ。

「その記憶、僕にもあるよ」

明人が立ち止まってふり返った。

「え？」

柚希ははたと明人を見た。

あのとき、たしかにとなりにだれかがいた。

「一緒に見たの、明くんだった……？」

おなじ場所に隠れるつもりで一緒にいたのだろうか。経緯などはまったく思い出せない。

「僕もはっきりおぼえてるわけじゃないが、なんか見てはいけないものを見てしまってビビってた記憶はあるよ。すごい罪悪感に苛《さいな》まれながらさ」

明人も記憶をたどりながら言う。

「あれって、なんだったの？」

もしかして生贄《いけにえ》の準備とか。

怖気《おぞけ》と好奇心が混ざりあった、ぞくぞくするようなおかしな心地になってくる。

「わからない。行ってみようよ」

ふたたび明人は小屋のほうに向かいだす。

生々しい記憶を呼び覚まされたのか、彼もなんともいえない顔つきをしていた。

引き返したい消極的な気持ちになりかけたが、柚希も黙ってそのあとを追った。

「禁足地のどこかだと思ってたけど、ここだったのかな？」

自分たちは境内《けいだい》の左側の道を来たはずなのに。

「道が繋《つな》がっているのかもしれない」

「じゃあ、ここはもう禁足地……？」

知らないうちに足を踏み入れてしまっているのだろうか。

刈り残された青い夏草を踏みしだいて、慎重に歩く。いつのまにか、会話がなくなっていた。

あの記憶はなんだったのだろう。見てはならないもの。禁足地とは、文字どおり立ち入りを禁じられている場所だ。それは、そこにひとには知られてはならない、なにか忌《い》むべきものがあるからではないのか。

一歩。この一歩先にはもうあの不気味な建物がありそうで、冷や汗が出てくる。むせ返るような血の臭い。あれは、生贄のための、ひと殺しが行われていたのではないのか――。

不安に押されて足をとめると、気づいた明人がまたふりかえった。

「おいで」

怯《おび》えが伝わったのだろう。なだめるようにほほえみ、手を搦《から》めてくる。

「うん」

柚希は迷わず明人の手を握り返した。

幼少期、浜で助けてくれたときの手よりもずっと大きくて、心が近かった。指のすきまに感じるぬくもりに、泣きたくなるようなせつない幸福感をおぼえる。

ふたりはほどなく、草の刈り取られた平地に出た。

そこには古びた板張りの平屋建ての小屋があった。浜辺にある漁協のわかめ加工場にたたずまいが似ていた。

「この小屋――」

柚希は目をみはった。

「やっぱりおなじだ」

出入り口付近の壁だけがトタン張りであるところが、幼少期の記憶とぴたりとかさなる。

ふたりはあたりを警戒しながら小屋に近づいてみた。

「だれもいないみたいだな」

腰高窓《こしだかまど》が何枚かたてられているが、すりガラスの上に汚れているため目を凝らしてもなにも見えない。

たしかにひとが出入りしている気配はなさそうだ。

「中に入ってみよう」

明人は興味津々《しんしん》のようすで出入り口の戸のほうに回った。

柚希はすっかり怖気づいていたが、しぶしぶ明人についてゆく。

古ぼけた板戸は閉まっているが、鍵《かぎ》はかかっていないようだ。

中の景色を見たら、記憶のすべてが血みどろに塗り替えられそうで怖い。が、明人はためらいもなく戸を開けた。

「なに、ここ……」

柚希は固唾《かたず》をのんだ。

乾いた板張りの床に、艶《つや》の失われたステンレス製のシンク付き作業台が三台ならんでいた。梁《はり》が剥《む》きだしの天井からは、古ぼけた笠《かさ》つきの裸電球が等間隔《とうかんかく》に釣り下がっている。

独特のにおいが鼻をついた。水できれいに洗い流しても拭《ぬぐ》いきれない、生鮮の血と潮の混ざりあった死のにおいが染みついている。

明人が先に、中に足を踏み入れた。

廃屋めいて見えたが、壁のスイッチを押せば電気がついたし、水道をひねると水も通っていた。作業台につくりつけの流しにはなんとなく水の気配が残っていて、まだ使用されている場所なのだとわかる。

「ここは、人魚の解体場だな」

ひととおり眺めまわしてから明人が言った。

「人魚の……？」

「たぶんね。魚介の生臭いにおいがするし、ほら、ここに塩分計がある」

明人が作業台の下に置かれたブリキのバケツを指さした。体温計によく似たものが二本入っている。

「干物《ひもの》を作るときに使うやつ？」

干物は、一匹ずつ魚を捌《さば》いて、真水で洗ったあと塩水に漬けて天日《てんび》で干す。漬け汁の塩加減や、出来栄えを見るために使用されるのだ。

「人魚の肉を干物にするの……？」

「そのほうが保存がきくからね」

島の守り神である人魚を切り刻むこと自体、残酷《ざんこく》で罰《ばち》あたりな行為に思えるが。

「僕は昔、ここで大きな鱗を見たし、ここら一帯の地名は〈人魚塚〉だろ。子供のころ僕たちが見たのは、漁師たちが人魚を解体するところだったんだよ」

この小屋でひそかに人魚を捌き、廃棄部分は土に埋めているのだ。代々、それが行われている。

「だから血の臭いがしたの……」

当時、目にしたはずの記憶がまざまざと脳裡《のうり》によみがえりだす。

撲殺《ぼくさつ》された人魚の傷んだ肌。くり抜かれた目玉や剝《は》がされた爪。斬り落とされた五指《ごし》から滴《したた》る真っ赤な血。

生き血に染まった机や壁は、人魚の解体作によるものだったのだ。幼かったから、それがなんだかわからないまま、断片の記憶は、実際の景色よりもずっと陰惨なものに変化していった。

「ひとじゃなくて、人魚だったんだ」

柚希はひとり言のようにつぶやく。

「ひと?」

「郷土史には、海に生贄を捧げてたって書かれてるみたいだから。ひとが殺されてるところだったらどうしようかと」

島に帰りたくないと思う原因のひとつにそんな思い込みがあった。

「郷土史か……。大昔はやってたのかもしれないな」

田舎《いなか》の土地にまつわる怖い話としてはめずらしくはない。

どのみち、人魚だとしても生々しい。上半身がひとの形をしているせいか、どうも胸が痛む。

「大丈夫?」

明人が心配して顔をのぞいてくる。

「……うん」

これで人魚漁の事実がほぼ裏付けされたかたちだ。あまりいい気分とはいえなかったが、生贄など存在しなかったのと、古い記憶の謎が解けたのはよかった。

「もう出ようよ」

柚希は明人の手をひいて告げた。手のひらがじっとりと汗ばんでいる。このままここにいたら、よくないことが起きそうな予感がした。

明人が頷《うなず》き、ふたりは小屋の戸を閉めてその先の細道をすすんでゆく。

「ここからは下りだ」

木々の隙間《すきま》から、瑠璃ヶ浜が見えた。夏の大祭の日だけ足を踏み入れることを許された秘密の入り江だ。その名のとおり海面は瑠璃色に澄んでいる。

「浜まで続いてるのかな?」

「そうかもしれない」

しばらく小道を辿《たど》って下っていくと、やはり瑠璃ヶ浜に出た。神社の左側の道も結局、瑠璃ヶ浜に繋がっていたのだ。

ただしそこは納涼祭《のうりょうさい》の行われる浜ではなかった。瑠璃ヶ浜の一部ではあるが、岩に隠れたもうひとつの小浜だ。

そしてまた異様な風景にでくわした。

砂浜に網棚《あみだな》がならんでいて、切り分けられた魚肉らしきものが干されている。

天日干《てんぴぼ》しの風景は子供のころに浜でよく見かけたが、丁されているものに強い違和感をおぼえた。

赤身の魚にしては色が濃く、鯨肉《げいにく》みたいな色をしている。ハガキを縦半分にしたくらいの大きさのものが二十切れほど、網の上に整然とならべられているのだ。

干し棚はぜんぶで四台あった。

「これ、なんの魚……？」

間近でよく見ると、表面はおおむね乾いていて、干されてから一日は経っているふうだ。

なんとなく胸さわぎがしてきた。

「ずいぶん身が赤いな、こんなの見たことない。……人魚かな」

じっと目を凝《こ》らしていた明人がつぶやく。

「……うん」

柚希も直感的にそう思った。解体場も近い。

「台風が来るのが分かってるのに、どうしてまだ天日干ししてるんだろ」

すでに太陽は隠れているし、父はとっくに台風対策で漁具などを片付けていた。

「少しでも長く干したいんだろう。風にあてられれば乾くからね」

明人も腑《ふ》に落ちないようすだったが、網棚を尻目に波打ち際に向かう。

柚希もあとを追った。

岩に囲まれた狭い入り江には高い波がない。

「外海はぜんぜん荒れてないね」

明後日には台風がくるというのに、入り江向こうの海は奇妙に凪《な》いで、さながら湖のようである。

「まだ奄美《あまみ》地方だから、嵐の前の静けさかな」

明人も沖を眺めながらつぶやく。

空はどんよりしていて重く、引き潮のせいか海の音も遠くなっている気がした。

「だれもいないね」

立ち入りを禁じられている浜なのだから当然だが、数匹の海鳥がきまぐれに飛び交っているだけだった。

「貸しきりだ。ここならめいっぱい描けるよ」

明人が少し笑って、先に砂の上に腰をおろした。砂はまだ乾いてさらさらとしている。

「うん。なにか適当にスケッチしてみる」

柚希も明人のとなりに座って、手提げからスケッチブックを取り出した。

静かなさざ波が、砂をさらってはまたくりかえしうち寄せている。

「人魚の解体場なんか見たあとだけど、いい構図は思い浮かびそう？」

「うーん……」

むしろそれを忘れたくて、真っ白なページに鉛筆を走らせてみた。

この海景色をそのまま描くか、それとも海の生きものなどで抽象的に表現するか。

色調はどうしよう。瑠璃《るり》色の闇を描いてみようか――？

(どんな色だったんだろ……)

この嵐の前の、もの言わぬ静かな海の色は近いかもしれない。

砂をついばむ海鳥を適当にスケッチしながら考えていると、しばらく黙って沖をながめていた明人が、退屈なのか視線をこちらにうつした。

潮風になびく邪魔な髪をすくい、耳にかけたときそれに気づいた。

目が合うと、明人がほほえんだ。

柚希もほほえみ返した。つきあいたての恋人同士みたいだと思った。実際、そうなのだろう、島守《しまもり》の件がなければ。

気恥ずかしさもあって、柚希はスケッチブックに視線を戻した。

「……なんだか悪いことばかりしてる気分」

さっきは解体場に立ち寄ってしまったし、あの干物も見てはいけないものだった気がする。そもそもこのあたり一帯は足を踏み入れてはならない場所だ。

「だれも見てないから大丈夫だよ」

明人は意に介さぬようすで笑う。

「おひれさまが見てるかも」

祠《ほこら》はごく近くにあるし、人魚も棲息《せいそく》しているのだろう。

「見せてやればいい」

柚希の手から、2Bの鉛筆が落ちそうになった。

昔はまじめで、規則を破ったりする子ではなかったのに。

けれど都会に出て何年も経てば、島のしきたりなどどうでもよくなるのだろう。事実、明人はそれらがくだらないと言いきっていたし、なにも恐れていないように見える。

「でも怖い」

わたしは守子だから。

鉛筆を握りなおしながら、消え入りそうな声で柚希はつぶやく。自分だけは、逆らうのが絶対に許されない気がするのだ。

「ゆず……」

明人が潮風にあおられて頬《ほお》にかかった柚希の髪をよけ、瞳をのぞいてくる。

あやすみたいに優しい仕草に、不安が薄らいだ。

明人の言うことはいつも正しい。だから自分たちはまちがってはいないのだ。

そのまま髪を弄《もてあそ》ばれ、熱をたたえた目でじっと見つめられているうちに、柚希もだんだん気持ちを隠しきれなくなってきた。

ほんとうはしきたりなんかどうでもいい。明人とずっと一緒にいたい。

どうしてわたしが守子に選ばれたのだろう。もしただの島びとだったら、堂々と明人の手をとってふたりでここから逃れられたのに。

でも、いまそれをしたら翔真に迷惑がかかってしまう。自分だけが逃げだすわけにはいかない。

泣きたいような、焦れるような気持ちになっていると、明人が唇をかさねてきた。

柚希も目を閉ざした。海を視界に入れたくなかった。おひれさまの棲息地でこんな行為にふける自分たちは、まるで裏切り者だ。

汀《みぎわ》にうちよせる波の音も、おひれさまの静かな怒りに思えて怖かった。くりかえし警鐘《けいしょう》を鳴らし、脅《おど》してくるかのようだ。おまえの相手はこの男ではないのだと――。

明人が、不安を拭《ぬぐ》いきれないでいる柚希のからだを抱きよせた。

スケッチブックが膝の上から砂に落ちた。

なびいてくるのを見抜いているからか、明人は遠慮《えんりょ》がなかった。あの夜よりも、くちづけは深くなった。

またた。困らせてごめんと詫《わ》びながらも、こうして迫ってくる。

けれど清廉《せいれん》なひととなりの裏に秘められたこの危うさ、獰猛《どうもう》さこそが、一番の魅力であり武器なのだ。

翔真が言っていた。野遊びのときも磯遊《いそあそ》びのときも、主導権はたいてい明人が握っていたのだと。かつて高階《たかしな》の家が島を支配していたように。そして祖父が網元《あみもと》をやめることで少しずつ島の因習を崩していったように。

あのとき、幼少期の浜辺で手をにぎって自白を遮《さえぎ》り、島に逆らうことをおぼえさせたのは明人なのだ。

だんだん潮騒《しおさい》の音も聞こえなくなり、明人のことしか考えられなくなってゆく。

若く健《すこ》やかな欲望に流され、骨抜きにされてゆく自分が幸福だった。

このまま、ふたりだけの浜辺で時がとまってしまえばいいのに――。

そうして投げやりな気持ちにさえなってくちづけに没頭していると、ふと砂を踏んで歩いてくるひとの気配がした。

柚希ははっと我に返った。油断していた。まさか台風前のこの秘された浜に、だれか来るなんて思わなかった。

やってきたのは宮司《ぐうじ》だった。

柚希は明人からはなれ、あわてて立ちあがった。明人のほうにその気はなかったようで、突きはなすようなかたちになった。

宮司がどこからどこまでを見ていたのかはわからない。

## 2.

「きみたち、どうやってここに？　このあたりは立ち入り禁止です」

宮司の表情は思いのほか険しかった。若いふたりが抱きあっていたのはどうでもいいが、神域に足を踏み入れているのを許しがたいふうだ。

「すみません。課題のために、どうしても〈人魚塚〉の崖《がけ》から海が見てみたくて。そこで見つけた獣道《けものみち》を辿《たど》ってきたら、偶然ここに着いてしまったんです。さきほどお許しをもらいにいったのですがご不在で……」

柚希は挨拶《あいさつ》もわすれて、あわてて言い訳をしていた。

「ああ、あの獣道か。封じなければと思っていました。私は出先からちょうど戻ったところで……。すまなかったね」

彼のほうも砂の上のスケッチブックに気づき、ある程度は信じて納得してくれたふうだ。

「宮司さんこそ、どうしてここに？」

遅れて立ちあがった明人が、砂を払いながら問い返す。悪びれるようすはまったくない。肝《きも》がすわっているのは、祟《たた》りを恐れていないからだろうか。

「これを片付けに来たんです。もうじき嵐になるからね」

宮司は干物《ひもの》のほうを見やり、苦笑した。見られてはならないものだったといわんばかりの顔つきだ。

「この干物はなんなのですか？」

柚希が問うと、数拍の間があった。

「そのようすだと、柚希ちゃんはまだお父さんからなにも聞かされてないんですね」

「なにをですか？」

柚希は眉《まゆ》をひそめる。

「まあ、きみは守子やし、明人くんはかつての網元の家の子やから、とくべつに許されるやろ」

宮司は自身に言い聞かせるようにつぶやく。網元の家の子――そのとおりではあるが、だからどうだというのか。

宮司は、網棚にならぶ干物に視線を移した。

「これは人魚の肉ですよ」

「人魚……」

やはりそうなのだ。

「いまも捕獲してるんですね」

明人が非難めいた顔でつぶやくと、宮司は頷《うなず》いた。

この浜にはたしかに人魚が棲息していて、いまも十四家の人々によって捕獲されているのだ――。

「きみたちは、人魚の肉にどういう効果があるか知っていますか?」

「滋養強壮《じようきようそう》、ですか……?」

さつきがくれたサプリメントを思い出しながら、なんとなく柚希が答えた。

「そう。とても強力なね。……天沼島の人魚の肉は不老長寿《ふろうちようじゆ》の妙薬として知られ、古くから好事家《こうずか》のあいだで高値で取引されてきた」

「好事家……」

「そういう珍味に惹《ひ》かれる如何物食《いかものぐ》いが一定数、存在していてね。客は日本全国にいる。元締めは現在、高階家から漁業権を譲《ゆず》り受けた我が家で、仲買人《なかがいにん》を通して幾筋ものルートに卸《おろ》されているのです」

　おそらく海外にも流れているという。

となると、さつきの遺《のこ》したサプリメントに人魚の肉が利用されているのは間違いなさそうだ。

「人魚漁による儲《もう》けは代々、絶対の秘匿《ひとく》を条件に、網元の高階家と網子の二十六家で山分けされてきました。いまは高階家は抜けて、網子の数もご存じのとおり十四家に減ってしもうたがやけんどね」

「うちも入っているということですか？」

　思わず柚希はたずねた。

「もちろんです。祭祀《さいし》も近いことやし、そろそろお父さんから話がいっちゅう思うたんやが」

「なにも聞いてません……」

逆らっているせいだろうか。人魚漁についてはまだなにも聞いていない。

「そうでしたか。実は守子も、どちらかひとりは必ずその二十六家の中から選ばれてきたんですよ」

言われて柚希は納得した。先代の守子である遠野《とおの》家と、先々代の小松《こまつ》家は漁業を営《いとな》んでいる元網子である。

「ですが、人魚の水揚《みずあ》げ量は年々減っています。ここ数十年で海中の環境が大きく変化して育ちにくうなってるのかもしれない」

気候変動による海流の変化や水温の上昇は、海洋生物の棲息域を変え、産卵や成長過程にも影響を与える。天沼島の浜にも大量のプラごみが漂着するようになったし、産業排水や生活排水による海洋汚染もあるだろう。

「加えて、島守の交代時期が迫っているせいもあるでしょう」

柚希ははっとした。本来なら二十歳《はたち》をすぎた守子の自分と翔真が婚礼の儀をすませて夫婦になっているべきなのだ。

「もしも今回の婚姻が形だけのものになれば、事実上、島守はいなくなります。しきたりを守らずに島を見捨てるひとびとは、海の恩恵にあやかれません。人魚は獲《と》れなくなり、いずれその存在自体が忘れ去られてゆくことになるでしょう」

　これも耳が痛い。

「……ですが島の古い因習を断つにはちょうどいい機会ともいえます。漁師たちは焦っていますが、ぜんぶ終わらせてなかったことにしてしまうのも手だと」

「ぜんぶ終わらせて、なかったことに……？」

　柚希は目をみはった。宮司の発言とは思えなかった。

「そうです」

　宮司はじっと目を見て頷いた。

　意外だ。これは本音なのだろうか。昔からの伝統を重んじる立場のはずなのに――。味方になってもらえたらと期待はしていたが、まさか本人が漁師たちとは逆の意志を秘めているとはつゆほども思わなかった。

　苦しい胸のうちを理解してもらいたくなって、柚希はついうちあけていた。

「わたし、最近、たて続けにおひれさまの足跡を見てるんです。潮の水溜まりがあって、そこに鱗《うろこ》が散らばってて……。わたしがおひれさまに祟られてるんやないかって、不安になります」

「足跡……？」

　宮司が眉をひそめた。

「……はい」

なにも知らなかった明人も意外そうにこっちを見る。が、

「あれは瑞兆《ずいちょう》という説もあるから、そんなに気にしなくても大丈夫だよ」

明人が言った。

「瑞兆……？」

縁起《えんぎ》がいいということか。

「ああ。昔、祖父が言ってたよ。虹とか蓑亀《みのがめ》みたいなものだって。そうですよね、宮司さん？」

「ええ、まあ。人魚の鱗なんてめったに見られるもんやないですからね……」

宮司の反応はあいまいだ。どちらかというと祟りの予兆と警戒しているような。

「………」

どっちを信じていいのかわからなくて黙り込んでいると、

「そろそろ戻ろう」

明人が砂に落ちていた柚希のスケッチブックを拾いながら、話をきりあげた。

本気で気にしていないふうにも、柚希を不安にさせないよう気を遣っているだけにも見える。そのどちらもか。

瑞兆もありうるというのなら、それほど悲観する必要はないだろうか。

「うん」

あまり思いつめてもよくないので、ひとまず忘れることにした。

## 3.

人魚の肉の片づけをするという宮司を浜に残し、柚希は明人とふたりで境内《けいだい》まで戻った。片づけを手伝いますと申し出たが、必要ないと断られた。部外者にふれさせるわけにはいかないのだろう。

明人の車で送ってもらって家に着くころには、風がやや強くなりはじめていた。

「今日はありがとう。宮司さんには叱《しか》られてしまったけど、来てよかった。明くんがいてくれなかったら、嵐の前の瑠璃ヶ浜なんて見られなかったから」

別れ際に、運転席の明人に礼を言った。

「はかどりそう?」

「うん。さっそくイメージ起こして描いていかなきゃ」

「うちで描けば。いま僕だけはなれで寝泊まりしてるんだ。母屋《おもや》には兄貴夫婦が子連れで帰ってきてるからさ」

「はなれって、昔、ときどきみんなで遊んだところ？」

二間続きの平屋建てで、雨の日やカードゲームをする日はそこに上がり込んだ。

ひまわりの咲いた庭に面した広い縁側で、明人の母がスイカを運んできてくれて、香帆と男子たちが種飛ばしをして大はしゃぎしながら食べたのをおぼえている。

「そう。そこで描いてよ。僕は暇だし、一緒にいれば妙な鱗のことも考えなくてすむだろ」

「おひれさまの足跡のこと？」

明人は頷いた。

やはり心配してくれているのだ。宮司の反応からすると、あまり瑞兆とは思えなくて正直不安だ。

「それに、ゆずが絵を描いているところを見てみたいし」

柚希はくすりと噴きだした。

「美術の時間に描いてたの、おぼえてない？」

中学まではひとクラスだから、ずっとみんな一緒に授業を受けていた。

「おぼえてるよ。でも近くでは見られなかった」

たしかに席が隣になったことはないし、そばで陣取って描いた記憶もない。昔は近くて遠い存在だったのだ。

「でも、今日は家に帰らなきゃ。台風前のせいか、お父さんがうるさいの」

「なら、台風がおさまったらおいで。島にいるあいだ、いつでもいいよ」

「うん」

まるで恋人同士の会話だった。実際、まだまだずっと一緒にいたかったけれど、相手は翔真ではないのだ。父にでも見られたら大目玉を食らいそうだから仕方なく車から降りた。

すると門の横からぬっとひとがあらわれ、びくりとした。

なぜか、香帆がいた。

「香帆。どうしたの？」

柚希は車のドアを閉めるのも忘れてたずねた。

香帆は買い物袋を少し掲《かか》げて見せ、

「スーパーに行った帰り。ちょっと話そうと思って」

なにを？　と問いたかったが、香帆は身を屈め、強引に運転席の明人をのぞきこんだ。

「あんたたちがカップルになってちゃあかんやない」

からかうように言ったが、目は笑っていなかった。島のひとびとにとって、いまだに柚希の相手は翔真で、ふたりは絶対に結婚して島守にならなければいけないのだ。

明人は、香帆の言葉を無視した。

「おまえ、待ち伏せしてたの？」

そっけない口調から、明人も見られたくはなかったらしいのがわかった。

「そういうことになるかな」

香帆はすまして答える。

明人はどうでもよさそうに嘆息《たんそく》してから、

「また電話するよ」

堂々と柚希に告げた。ふたりの仲を隠しだてする気はないようだ。

「わかった。またね」

柚希もほほえみ、ドアを閉めた。島のひとたちに遠慮《えんりょ》する気持ちよりも、明人と繋《つな》がっていられる喜びのほうがずっと大きい。

香帆は明人の車が去って、見えなくなるまでとなりにいた。

このまえからなんなのだろうと思いながら、無言で彼女の出方を待っていると、

「やっぱ明人のこと好きながやろ？」

あえて、からかい半分に訊いてきた。答えやすくしてくれたのだ。喧嘩《けんか》するつもりはな

いのだとわかった。

「うん」

柚希は居直り、正直に認めた。

「昔から、ずっと好き」

堂々と主張した。いったん宣言してしまうと、その感情を許される気がした。明人と近づいたせいもあるだろう。

「だと思った」

香帆は肩をすくめた。言わせて満足みたいな顔だった。

「島守にはならないんや？」

やや責めるように訊いてきた。わたしはなりたくない。そう顔に書いてあったはずだが、わざわざたしかめてきた。

傷口に塩を塗られたような心地になったが、怒りはなかった。身勝手な自覚はある。

「……香帆だったらどうする？」

本気の相談だった。

すると少し間があったものの、

「うちやったらおとなしく翔真と結婚するよ」

なぜか、頼りない声で答えた。昔の香帆だったらもっと刺《とげ》のある言い方で責めてきただろうに。

「でも、まあええんやない。二十二で結婚なんて早すぎる思うし、せんと祟《たた》られるって決まっちゅうわけでもないがやしね」

香帆にはめずらしく弱気だ。

実際は、言いたいことが逆だろう。こんなのはよくない、もう二十二歳なんだから結婚して島守にならなきゃだめ。さもなくばおひれさまの祟りが起きるからと。

（もしかして香帆も明くんを好きやった？）

いや、それはない。小学校時代にそんな時期もあったがいまはちがう。

それほどに恐れているのだ、おひれさまの祟りを。嫌みを言って説得する気力さえ失せるほどに、香帆の中で事態は逼迫《ひっぱく》している。それを悟られないようごまかしているだけだ。

なぜそこまでするのだろう。

（きもちわるい……）

柚希はあえて気づかないふりをした。良心の呵責《かしゃく》みたいなのも生じていたが、それも無視した。

いまはどうしても明人と一緒にいたい。

この機会を逃したら、もう二度と彼とは結ばれない気がした。

## 4.

二日がすぎた。

北上した台風は四国に最接近し、夕方から雨風が本格的に激しくなった。

雨戸を立てて締めきった家で母と夕食を食べていると、昼過ぎから漁港の見回り点検に出掛けていた父が血相を変えて戻ってきた。

「おい、佐古《さこ》が波に吞《の》まれた」

佐古は隣の集落の漁師だ。十四家のひとりで、父とは親しいのでときどき会話にも出てくる。

「なんで？」

母も箸《はし》をおいた。

「堤防から海に投げ出されたがや」

昼間、台風にそなえて海岸堤防にひきあげておいた定置網《ていちあみ》用の網が、強風にあおられて海に落ちかけていた。知らせを受けた漁師たちが五名ほど、状況を確認するために堤防を歩いていたところ、高波を受け、ふたりが海に投げ出されたという。

海は昼前からうねりを伴って大しけだ。

「佐古は溺死《できし》で、マサは意識不明やと」

「マサ？」

柚希は耳を疑った。

「マサって、真莉のお父さん……」

「そうよ、真莉ちゃんの」

母に頷《うなず》かれ、さあっと血の気が引いた。

あわてて手元のスマホを手にし、真莉を呼びだすと、すぐに繋がった。

『あ、ゆずちゃん……』

意気消沈した声に、嫌な予感がした。

「真莉ちゃん、いま大丈夫？」

『うん。歌里《うたさと》の病院におる』

島でゆいいつの総合病院だ。

「聞いたよ。お父さんの容体はどう？」

『さっき意識を取り戻したよ』

答える声は小さくくぐもっていた。

「よかった……」

柚希はほっとした。

『もうひとりは亡くなられたみたい』

「そうみたいだね」

少しの沈黙を挟んだあと、真莉は涙ぐんだ頼りない声で続けた。

『ゆずちゃん、ごめん……、やっぱりゆずちゃんは、島のために翔真くんと結婚して』

いきなりの発言に、正直面食らった。

「真莉ちゃん……」

島守の道を選ばないでいる柚希を、今夜は責めるような響きがあった。

真莉は涙声のまま続ける。

『漁師さんたちのあいだで、おひれさまの祟りなんやないかって言われゆう。島守の交代時期を延ばしすぎやって。またおなじことが起きたら怖いき……、ゆずちゃん、おねがい、このまま翔真くんと結婚して。美玖《みく》のことはもうえいから』

鼻をすすりながら、訴えてくる。涙は妹のためにも流れているのだろう。

父親が生死の境をさまようほどの目に遭《あ》ったのだから無理もない。柚希だって理由をこじつけて、このくらい取り乱す。

真莉はおひれさまの祟りが恐くても、昔からほとんど口にせず、幼友達として精一杯よりそってくれていた。感謝せねばならないくらいだ。

でも、だからこそ失望が大きかった。ずっと味方だったのに。

これで心は完全に島側に傾いてしまっただろう。

「そうだね……、考えなおしてみるね」

柚希はできるだけ前向きに告げる。頭では、とても結婚など受け入れられそうになかったが。

真莉に別れを告げ、よるべない心地のまま電話をきると、
食卓について、向かいで耳をそばだてていた父が訊いてきた。もちろん箸はすすんでいなかった。

「マサは無事か？」

「うん。さっき意識を取り戻したって」

「そうか。よかったな」

父と母はほっとしたようすで息をついた。

とても食事をする気分ではなかったが、三人そろってのろのろと箸を動かしだした。

みんな、おひれさまの祟りを恐れて島の靄《もや》に取り込まれていってしまう。

宮司《ぐうじ》や翔真も、しょせんしきたりを重んじる側の人間だ。真莉と似たような反応を示すのだろう。しまいには柚希さえも身動きがとれなくなって、あきらめざるをえなくなるのにちがいない。

「柚希、おまえ、翔真との結婚はどうなっちゅうがや」

父が固い声でたずねてくる。

「どうって……」

柚希はふたたび箸をとめた。

あれから翔真とは話をしていない。つまり進展はない。

「儀式だけで終わらせるのか、実際にして島守になるのか。もしするなら儀式のあと、すぐに籍を入れることになる。だいたい今まではそういう形をとりよったようや」

「結婚はしないってば」

柚希は弱々しい声で拒《こば》んだ。さすがにひとがひとり死んでいるのだと思うと、以前ほど威勢よく拒絶はできない。

「まだそんなこと言いゆうのか」

父がどん、と拳でテーブルをたたいた。

怒りと焦りをぶつけられ、こっちも一気に荒《すさ》んだ気持ちになった。

「こないだ宮司さんから聞いたよ。この島ではほんとうにまだ人魚漁をやってて、その肉を高値でお金持ちに売り捌《さば》きゆうって。お父さんたちは人魚の肉で儲《もう》けられるお金に目がくらんじゅうだけやろ。だからみんな必死なんや」

「柚希……っ」

母に鋭く叱《しか》られた。口にしていいことではないのだろう。

「なに言いゆうがや。金なんか二の次や。俺たちは島を守りたいだけや」

父も激昂《げっこう》した。だが、態《てい》のいい言い訳にしか聞こえなかった。

「お金儲けしゆうのにはかわりないやない」

「いいか、よう聞け、柚希」

父がかろうじて怒りをおさめ、厳しい顔のまま語りだした。

「これまで島守の婚儀は、守子が二十歳《はたち》になった時点で行われてきた。さつきちゃんの両親のときも、先代の八重子婆《やえこばあ》さんのときもそうやったがや。だが今期は間が空《あ》きすぎや。そのせいか、このごろ不漁の日が多いし、入り江に来る人魚もずいぶんと少ない」

「そんなんたままたやろ」

宮司もおなじことを言っていたが。

父はじっとこちらを見据えて続けた。

「島守のほんとうの役目についても教えちゃる。十四家の漁師と島守になった者しか知らされん、重大な責務があるがや」

「なんなの、重大な責務って……」

いやな予感がした。

「お父さん、それはまだ言うたらいかんやろ」

母が焦って咎《とが》めるが、父は無視した。

「夫婦のあいだにできた初の子を、海に捧げるいう決まりや」

「え？」

はじめ、言葉の意味がよくわからなかった。

「赤子を船に乗せて沖に沈めるんや」

「………」

柚希は絶句した。

そんなことをしたら、まちがいなく赤子は死んでしまう。

「ほんとうは一人目が腹にできたあとに網元の口から告げられる決まりやけどな。島守のふたりがそうやって赤子を生贄《いけにえ》として差し出すことで、島に起こりうる災厄《さいやく》を防いできたがや。不幸を先取りするいう考えや」

「不幸の先取りって……」

郷土史の噂《うわさ》にあったとおりだ。祟《たた》りを恐れておひれさまには生贄を捧げていたと。その風習は実在していて、現代にも連綿と受け継がれているのだ。

「でも、いきなり赤ちゃんがおらんなったら、まわりに怪しまれるやろ」

生まれたはずの子はどこにいったのだと。

「問題ない。表向きには病院で死産したことにされるからや」

島にある診療所が協力して、ことを収めてきたという。

「そんな……」

柚希はしばらく言葉が出なかった。

子を海に捧げる？

ばかげている。島のために、生まれたての尊《とうと》い命を犠牲《ぎせい》にするなど――。

「そんなの、ただの殺人やない」

父は否定せずに聞き流した。

「わかるか。それほどの大役を放棄してのうのうと生きるなんて許されんのや。このままじゃおひれさまに祟られるで」

「祟られるって……、みんなそれを恐れちゅうけど、いったいどうなるの」

昔から祟りを恐れて生きてきたが、具体的になにがどうなるのか、いまいちわからない。

得体が知れないからこそ恐ろしいのかもしれないが。

「不漁や船舶《せんぱく》事故だけやない。近いうちに、また死人が出るで」

父はいっそうの凄《すご》みをきかせてたたみかけてくる。

「例えばおまえの身近な人間、家族や友達のだれかや、おまえが想っちゅう相手が死ぬかもしれんがや。そうなればおまえ自身も不幸になるやろ？　もちろん俺らだってそんなのは望んどらん」

「やめてよ……、なに言いゆうが、お父さん。そんなの脅《おど》しゆうだけやろ」

柚希はだんだん息が苦しくなってくる。

「脅しなもんか。警告しゆうがや。佐古は死んじまったろうが。まだわからんのか。もう迷いゆう場合やないがや、ええかげん腹を括《くく》れ」

父が激昂すればするほど息苦しくなってくる。

「ゆず、ごめんね。あんたは翔真くんとのあいだに子を儲け、その子を海に沈めるしかないがや」

もはやそれ以外になすすべはないのだと。

母にまで言われ、言葉を失った。

「………」

いまわかった。さつきの母が一人目の子を死産したのは、海に捧げたからだ。

だから八重子は言ったのだ。一刻も早く、若いうちにどんどん子を産みなさいと。一人目の子は葬《ほうむ》らねばならないから。

この島はずっとそうして、人魚漁で得られる富とひきかえに海に生贄を捧げてきたのだ。

なんて残酷《ざんこく》なしきたりだろう。

(ありえん……)

柚希は胸が悪くなり、吐きそうになって席をたった。

無理だ。たとえ翔真と結婚したとしても、生まれたばかりの子を海に捨てるなんて絶対にできない――。

## 5.

深夜の一時過ぎ。

ひろびろとした八畳《じょう》二間に敷いた客用布団の上に寝転び、明人はひとりでじっとスマホの画面を眺めていた。

台風が最接近しているようで、暴風雨にさらされた板張りの雨戸が、これまで以上にがたがたと激しく音をたてている。

母がこの雨で樋《とい》が壊れるのではないかと心配していた。

ここは自宅の敷地内に建てられたはなれだ。母屋《おもや》とは距離があり、まわりも木々に囲まれているから昔は同級生の溜まり場だった。

兄夫婦に子供ができてからは、帰島時はいつもここで過ごすようになった。姪《めい》っ子の子守も楽しいが、やはりひとりのほうが気は楽だ。

スマホの画面には、漁業における労働災害の事例が時系列で並んでいる。

漁港岸壁で定置網《ていちあみ》を交換するため、2・93ｔのつり車両積載形油圧式トラッククレーンで網揚き機（約0・5ｔ）をつり上げ、その滑車部分に定置網（推定0・7ｔ）を通して船に積み込む作業にて、過荷重となり当該クレーンが転倒。船上で作業を行っていた被災者がつり荷である網揚き機の下敷きになった。

漁船（排水量15ｔ、10人乗船）でホタルイカの定置漁を行い、水揚《みずあ》げを済ませた。その後、所属する漁港へ回航するとき、後部に乗っていた2名が、右舷《うげん》後方から襲った高波にさらわれ海中に転落して死亡。港の防波堤にある灯台から南東におよそ400メートルの海中に沈んでいるのが見つかった。

漁を終えて次の漁場へ移動するあいだ、海に浸した状態で網の清掃を行っていると、網に足が絡まり、網とともに海中へ転落し、溺死《できし》した。

当日は朝から風が強く、漁協の多くの漁船が出漁を取りやめていた。

スクーバ式潜水にて水深約20m海中でナマコ採取作業を行っていた被災者が、浮上予定時間をすぎてもあらわれなかったため捜索を開始した。

翌日、採取場所付近の海底で発見され、引き上げたが死亡していた。——等々。

板子一枚下は地獄。その格言のとおり、漁猟は命懸《いのちが》けの作業であり、漁業従事者の死亡率はわりと高い。

こんなことを調べてるあたり、自分もおひれさまの祟りを恐れているのだろうか。

不安になって自問したが、答えは出なかった。

実は一時間ほど前、香帆から電話があった。おととい柚希と一緒なのを見たからだろう。

『アキ、あんたに話があんの』

いつもは陽気な女だが、わりと不機嫌な声だった。

「なんの話？」

だいたい想像はついた。

『島守の話。ゆずじゃ、あんたにのぼせちゃって話にならんき、あんたに話すのよ』

「悪いが僕もあんまり冷静じゃない」

恋愛感情だけは昔から制御がむずかしい。

『冷静になってもらわんと困るわ。島の行く末がかかってるんだから』

大真面目《おおまじめ》に言ってくるから溜め息が出た。

「おまえ、昔からおせっかいだったよね。僕に限らず、いろんなやつに」

何度も役員を一緒にやって、つきあいも長いのでよく知っている。

小学校のころ、まだ自分のことしか考えられない子供ばかりの集まりのなかで、自分のほかにもうひとり、ものごとを俯瞰《ふかん》して見ることができたのが香帆だった。

『否定はせんわ。反省もしちゅう。やけど今回はさすがに黙ってられんき』

香帆は自分にとって不都合な問題はすべて、ひとを指図し、上手《じょうず》に動かすことで解決していた。だから彼女の世界はたいてい彼女の思い通りにまわっていたはずだ。さつきが転入してくるまでは。

「で、どうしろって?」

今夜の問題は、香帆ひとりだけのものでもなさそうだが。

『あんたはゆずとつきあっちゃだめよ』

案《あん》の定《じょう》のせりふだった。

「理由を聞かせてくれ。僕が納得できる範囲で頼むよ」

この時点では、まともな主張は期待していなかった。

『漁師の佐古さんが亡くなったわ』

「聞いてるよ。それが僕らになんか関係あんの?」

夕食のときに耳にした。

『おひれさまの祟りだって、みんな言いゆう』

「ただの海難事故だ」

『島守の引継ぎが遅れちゅうせいよ。しきたりに逆らったら災《わざわ》いが起きるき、あんたは邪魔せんで、アキ』

あまりにも強引に押し切ってくるので、思わず苦笑いした。

「邪魔してるのはどっちなんだ」

『うちがこれから話すこと聞いても、おなじこと言えんの？』

ついに脅迫《きょうはく》めいてきた。

「言うと思うよ。ぜひ聞かせてくれ」

軽く流すつもりで訊き返したのだが、切羽《せっぱ》つまった口調のまま香帆の口から語られた内容は、想定をはるかに超えていた。

『さつきのほんとうの母親は、祥子《しょうこ》さんよ』

数拍の沈黙を挟んでから、そう告げられた。冗談かと思ったが、硬い声音《こわね》からして覚悟を決めての告白なのだとわかった。

「つまり、ふたりは実の親子……？」

『そう。亡くなったうちのママは、祥子さんとは親友やった。あと、神社の夏美《なつみ》さんとも仲良しで、昔からいつも三人で仲良う遊んでたんやって』

香帆の母親の惟子《ゆいこ》は小学校三年の秋の終わりに亡くなっている。

『それでママはある日、さつきを身籠《みご》もった祥子さんからひそかにとんでもないことを聞いたの』

「とんでもないこと？」

『島守のほんとうの仕事っていうのは、実は一人目の子を海に捧げることやって。海の恵みを得る見返りとして、島びとに課せられた義務なんやそうよ』

「……生贄《いけにえ》みたいなもんか」

ここでぴんときた。幼少期に兄と立ち聞きした十四家からの相談——船の新造とは、贄子を乗せるための船についてだったのだ。

『まあ、そんなとこ。おひれさまの祟《たた》りを鎮める意味もあるって。呪われた島にありそうな、いかにもな習わしやろ。……でも、祥子さんは結婚してもなかなか子宝に恵まれんくて、さつきは本土の病院まで出向いて手をつくして四年目にやっとできた大事な子やったの。だから宮司《ぐうじ》さんから贄子の儀式についてを聞かされても、すんなり応じることはできんかった。……そりゃそうよね、苦労して授かった子をなぜ海に捧げんとならんのって、うちだって思うわ。それでひそかに悩みをママにうちあけた』

島守として、産まれた子は必ず海に捧げねばならない。さもなくばおひれさまの怒りを買い、漁業にもさわりが出るらしい。でもそんなことはどうしてもできないと——。

『おなじころ、うちのママも妊娠《にんしん》してたの、双子をね。その片割れがうちなんやけど』

香帆にはすでに兄がふたりいるから、産めば一気に四人の子持ちである。

　なんとなく話が読めてきたが、

『だからママは祥子さんに同情して、自分の子をひとり譲《ゆず》ってあげることにしたのよ。うちを入れれば子供はもう三人になるき、双子の片方を代わりに生贄にすればいいって』

「…………」

　およそ現実味に欠ける話で、呑み込むのに時間がかかった。

「何人いても、自分で腹を痛めて産んだ子は大事なはずだろ。養子に出すならともかく、生贄になるとわかって譲れるもんなのか?」

　半信半疑のままたずねていた。

『そうでもしてあげんと、どうにかなっちゃうくらいに祥子さんが苦しんでたんやと思う』

　香帆は神妙に答えた。幼友達を放っておけなかったのだ。

　贄子の儀式は、真相を知られることなく無事に終わった。しきたりにのっとって、闇夜の夜半過ぎに、神職であり、漁業権を持つ宮司と、島守夫婦の立ち会いのもと、御神酒《おみき》、お洗米、昆布、果物、野菜、塩、水とともに、小さな穴のくり抜かれた小舟に乗せられ、人知れず沖に放たれたのだ。

　そして本物のさつきは生後間もない赤子の状態で、ひそかに本土の養護施設にあずけられた。

祥子が産んだ子は世間的には死産となっていて、十四家の漁師さえも、しきたりどおりに実子がささげられたと思い込んだという。

香帆はいくらか捨て鉢《ばち》な口調で続けた。

『……結局それから何年かして、ママは牡蛎《かき》漁の最中に死んでしもうたけどね』

さらに、それを苦に祥子も心を病んでしまった。自分のせいで、惟子がおひれさまに祟られたのだと自分を責めて――。

『うちはどっちの気持ちもわかるよ。子を海に捧げられん祥子さんの苦しみも、それに寄りそうたママの気持ちも。……ママは、自分が島守やったらって考えたら、なんもせずにはおれんかったがやろね』

だったらおまえも柚希に寄り添ってやれよと突っ込みたくなったが、香帆なりに真剣に悩み、考えてはいるのだろう。でなければ、わざわざこんな秘された情報をいまさらばらさない。

「このすり替えの事実を知るのは？」

『診療所で赤子の世話をした夏美さんただひとりだけよ。当時いた医師は、老衰で亡くなっちゅうき』

島にある診療所は代々、医者をやっている家系の者が継いでいて、たしか自分たちが小学生の高学年のころに代替わりした。

「本土の施設育ちのさつきが、どういう経緯をたどってふたたび遠野家に戻ってきたんだ？」

『ママが死んだあと、ある日、診療所の待合で、祥子さんが経緯をみずからしゃべったの。祥子さん、もうそのころから病んでいて……』

自分が偽者の贄子を捧げてしまった祟りなのだと。

たまたまその場に居合わせたのが十四家の漁師のひとりで、真相が仲間の耳にも入ってしまったという。

『それで、この先も島で不漁や海難事故が続くがやないかって、みんなが祟りを恐れるようになって、さつきがひとまず本土の施設から連れ戻されることになったの』

贄子を島に呼び戻したかたちだ。

「さつき本人は、このこと知ってたの？」

『ほんとうの母親については、小さいころに祥子さんから聞かされたみたい。うち、高校くらいんときに一度、さつきと腹割って話したことあんの。あの子、祥子さんが苦しんでるから海で死のうとしたけど、できんかったって。祥子さんにぎりぎりで助けられたがやって。だからあのひとのために生きゆうがやってまじめに言うてたわ』

なるほど、さつきから感じた生き抜いていく意地みたいなものは、そこから来ていたのか。

「となると、やっぱり自殺ではなさそうだな」

九死に一生を得た人間は、命を粗末にはしないものだ。

『そうよ。でも死んだ。なんで死んだがかようわからんりど、とにかく死んで、結局、贄子としての役目を果たすことになってしもうたの』

(ん?)

『これがなにを意味するか、賢いあんたならわかるやろ。しきたりに逆ろうたら災いが起きるの。佐古さんの死もそう。だから柚希のことはあきらめて。邪魔せんで。あの子は翔真と結婚するのが正しいのよ』

「…………」

一気にまくしたてるので、しらけてしまった。

(なんでそうなる?)

独善的なところは昔から変わっていない。この閉ざされた島特有の保守的で陰険な空気にあてられてもう長いのだから無理もないが。

『あらためて訊くけど、あんたはゆずのことどう思ってんの。本気なの？』

香帆はまじめにたずねてくる。

「本気だよ。ついでに言うと、あきらめる気もない。自分のためにも彼女のためにもね」

『なに寝ごと言いゆう。これ以上、犠牲《ぎせい》を出したくないやろ。ママのしたことがますます無駄になってしまうやない』

香帆は声を荒らげる。

「落ちつけよ。というか、目を覚ましてくれ。おまえの母親の死もさつきの死もただの偶然だ。祟りとか、しきたりとか、いつの時代の話をしてるんだよ」

『おひれさまがいる限り、この島はずっと変われんの。道をあやまったら祟られる運命にあんのよ』

だんだん香帆の説教が煩《わずら》わしくなってきた。

思い込みとは恐ろしい。宗教とおなじだ。それが正しいとみずからの意志で刷《す》り込んでしまっているから、たとえ命の危機にさらされようとも誤りに気づけないのだろう。

香帆はその後もぐだぐだと逃れられないだの、責任はどうとるつもりだのと言いつのってきたが、もはや聞く耳を持ってやれなかった。

友達思いだった母・惟子の行いを否定するつもりはないし、幼くして母を亡くした香帆が妙な思い込みにとらわれるのはわからないでもないが、なにもこの島で海難事故が多発しているわけでもないはずだ。

祟りなんて、こじつけにすぎない。なんでもかんでもおひれさまに結びつける島民たちの思考にはうんざりだった。

## 6.

明人はスマホの画面を、漁業従事者の労災の事例から台風情報にきりかえた。

台風は朝鮮半島のほうに向かったが、九州と四国には大雨、暴風、高潮などの警報が出たままだ。

嵐のピークは過ぎたものの、依然として雨足が強い。強風にあおられた電線が音をたて、雨戸のない小さなガラス窓には滝のごとき雨が降りそそいでいる。

ふと、枕元のスマホが鳴った。

また香帆かと思ったら、柚希だった。

『明くん、たすけて』

強い風の音とともに、泣いているようなかぼそい声がした。

「いまどこ?」

なんとなく、近くにいるのだと勘でわかった。

『家の前……、明くんちの』

時刻は0時半すぎだ。おまけに嵐だ。あわてて飛び起きて外に出た。

家といってもはなれだが、柚希もそれはわかっていた。

ドアを開けると、ずぶ濡れになった彼女が立っていた。傘は手にしているが、させる状況ではなかったのだろう。

「中に入って」

ひとまず玄関に招き入れた。

濡れそぼった髪が頰《ほお》や額にはりついてぐしゃぐしゃだった。泣いていたのか、目もとが腫《は》れて真っ赤だ。

「どうしたんだ。なにがあったの?」

できるだけ冷静にたずねてみると、柚希は答えようとこちらをあおぎかけたが言葉にはならず、ぐったりと身をあずけるようにして胸に抱きついてきた。

泣いて泣いて、泣き疲れた挙句《あげく》の果てなのかもしれない。目は潤んでも涙は流れず、精気がなくて水に溺《おぼ》れかけのひとのようだった。

昔、柚希はよく朝礼で倒れていた。

最近はそうでもないらしいが、小学校時代は、まだ週に一度だけ校庭で朝礼がおこなわれていたのだ。

島の子供たちのなかで、島への愛着が薄く、古いしきたりに拒絶反応を示しているのは守子に選ばれた柚希だけだった。だから倒れるたびに、この島のすべてを全身で拒《こば》んでいるように見えて憐《あわ》れだった。

同時に興味もそそられていた。自分と同類だと感じたからだ。

けれども柚希は、少しもその感情を顔に出さないおとなしい子だった。

代わりに、絵に表していた。彼女の絵は、まわりから一目置かれるほどに感性豊かで堂々とした出来栄えばかりだったが、言葉にできないなにかがいつも色濃くこめられていた。描いて吐き出すことで心の均衡を保っている。そんな印象だった。

だから美大に進学すると聞いたときは、彼女が自由になるための翼がもがれなくてよかったとひとまずは安心したものだ。

自分は鄙《ひな》びた島の暮らしがいやで、進学を口実に東京の叔母《おば》のもとへ行くことに決めた。

柚希が自分に好意を寄せているのは知っていたが、気づかないふりで通した。

自分はまだ子供で、彼女をどうにかしてやる力はないとわかっていたし、先が見えないのに、無責任な言葉や行動で彼女を惑わせたくなかった。

それでいつも、だれにも悟られないよう距離をおいて彼女を見守っているだけだった。

さつきがあらわれると、いくらか風向きが変わった。柚希とさつきは、島への嫌悪感みたいなものをひそかに共有しているようだった。

さつきは変な女だった。本土育ちのせいかおとなびていたが、男たらしの早熟とはまた系統が異なり、気まぐれで気ままで気丈な野良猫みたいだった。

こっちは勉強や代表委員の仕事で忙しいのに、ひとりのときを見つけると決まって話しかけてくる。しかも話のネタは、たいてい柚希がらみだった。

『おまえ、なんでいつもそんな話を僕にするの』

迷惑千万とばかりに切り捨てていたが、さつきは怯《ひる》まなかった。

『あんたが、ゆずに気があるように見えたから』

よりにもよって、この女に見抜かれているとは思わなかった。

『好きなんでしょ。だったら助けてあげなよ。あの子はこの島にいたら絶対にしあわせになれやしないんだから。悪いけど、頼めそうなのはあんたしかいないの』

『おまえには関係ない』

言われなくともそうするつもりだった。

当時は、ただのおせっかいな柚希の女友達だと思っていたが、

『あんた、島を出るなら、いつか、ゆずのことも連れ出してあげてよ』

中学の卒業式のあと、東京に立つ朝に桟橋《さんばし》でひきとめられ、真顔でまじめに頼まれたときは度肝《どぎも》をぬかれた。

『でないと、あんたが隠してる気持ち、ぜんぶあの子にぶちまけてやるから』

それが、彼女からの最後通牒《さいごつうちょう》だった。

腰まであるきれいな長い髪が、生き物のように海風にたなびいていたのをいまでも鮮明におぼえている。

おまえ、僕のなにをどこまでわかってるんだと問いただしてやりたかったが、成人式で再会したときはもうなにも言ってこなかった。こっちが先に動いたからだった。


柚希は布団の上で、雪だるまみたいに上掛けにくるまって座り込んでいた。

そばで横になっていた明人がスマホの画面を落とすと、彼女は訥々《とつとつ》と話しだした。

「父に怒られたの。隣町の漁師の佐古さんってひとが堤防から落ちて死んだって。真莉ちゃんのお父さんも少し前まで危ない状態で……。おまえが言うことを聞かないせいで、お

ひれさまの怒りを買ったからだっていうの。次に祟《たた》られて死ぬのは明くんかもしれないって……父にそう脅《おど》されて……。寝ても夢におひれさまが出てくるのが恐くて……、眠れなくなって……」

柚希には濡れた衣服を着替えるよう玄関でシャツとタオルを渡した。

男もののシャツでも、身長が百六十センチほどの彼女が隠せるのは腿《もも》の付け根ぎりぎりくらいまでで、下肢《かし》はほとんど丸見えだった。

さすがに恥ずかしそうに下方に引っ張って玄関口からあがってきたので、あわてて上掛けを渡してやったのだった。

「もうどうすればいいんやろ……」

柚希は苦悶《くもん》にゆがめた顔を両手で覆《おお》った。贄子の儀式の話も聞いて、よけいに取り乱したようだった。

どうしていいかわからない。たしかにそうだろう。この島の人間の古臭《ふるくさ》くておかしな思考にはついていけない。

「島の因習にとらわれすぎだよ」

横になって話を聞いていた明人は、ゆっくりと半身を起こしながらなだめた。

三日後には隣町の端まで噂《うわさ》が伝わっているような狭いコミュニティの中で育ったのだか

ら仕方のないことかもしれないが。

「僕は、きみや翔真がなぜこんな咎人《とがにん》みたいな思いをしなければならないのかわからない。神籤《みくじ》であたった、ただそれだけなのに、一生分の時間と赤ん坊の命までを捧げてこの島で生きねばならないなんて。……納得がいかない」

「わたしもいかない」

柚希は悄然《しょうぜん》とつぶやく。咲いたばかりなのに、水がもらえなくて萎《しお》れかけた花みたいだった。蘇生《そせい》できるか心配になる。

香帆から聞いた赤子の取り替え劇については、今夜はまだ話さないほうがいいだろう。

スマホを見ると、午前二時にさしかかっていた。

「もう寝よう」

湿ったTシャツを脱ごうとすると、

「脱ぐの？」

柚希が目を丸くした。

「濡れたから」

さっき柚希を抱きしめたからだろう。

「ほかに代わりがないんだ。洗濯《せんたく》してもらったのは母屋《おもや》に忘れっぱなしでさ」

「あ、ごめんね。わたしが脱ぐ」

あわてて胸元のボタンに手をかけるので、

「いいの？」

含みのある目をさし向けると、

「あっ」

はしたないと気づいたらしく手を止めた。頰が一気に赤く染まった。

「冗談だよ」

笑って流したが、べつに冗談ではなかった。脱ぐなら脱いでもらってかまわなかった。彼女を受けとめる準備は十分にできている。

「おいで」

湿ったTシャツを脱ぎ捨て、彼女から上掛けを剝《は》いでとなりに寝るように促すと、はじめはいくらか恥じらい、ためらっていたが、しまいにはおとなしく横になって懐いてきた。

柚希だって楽になりたいのだろう。心をひらき、おののきや不安をすべてぶちまけて島から逃れたいと思っている。だから今夜、ここに来たのだ。

しかしいざ柚希と同衾《どうきん》すると、妙な感じがした。

ここまで来るまでに、お互いに知らない時間が確実に流れていて、そこを埋めることは絶対にかなわない。ふつうは幼少期から出会うところまでが空白だから気にならないが、途中の数年だけが抜け落ちているから違和感がある。

（元同級生とくっつくやつらは、みんなこんな感じなのか……）

べつに空白の時間を埋めたいとも思わないが、柚希が以前、つき合っていたという男の存在は多少気になった。

比較されるのだろうか。いや、こっちが先に出会っているのだから、されたのは向こうのほうか、などと埒《らち》もないことを考えていると、

「明くん、どうして島を出たの？」

柚希がこっちに寝返りをうって、ぽつりと訊いてきた。

「ずっと知りたかったんだ。進学のためにしても、ちょっと早かったなって。……もう二度と会えなくなるんじゃないかって、さびしかった」

声が、ほんとうにさびしそうだった。

「漁師になる気はなかったから」

明人は正直に告げた。

漁師になるという選択は、十歳で捨てた。艫綱《ともづな》の結び方や網《あみ》の仕掛け方は、仲間うちでは一番おぼえるのが早かったたし、魚獲りでも、針や糸にほどこした独自の仕掛けでベテラ

ンの漁師たちをうならせた。おまえは筋がいいから、漁師になれよと方々から期待されていた。

だが、翔真のように、学校に来る前に船に乗って漁を手伝うのはやりたくなかった。それに祖父がやめ、父も継がなかったのにはなにか理由があると子供心に感じていて、あえてそんないわくつきの職種に就《つ》こうとは思わなかった。

ところが、早々に島を出る道を選んだのが癪《しゃく》にさわったのだろう。彼らは手のひらを返したように態度を変えた。

魚岸付近で遊んでいると、ときどき子供たちに漁獲物の半端ものをわけてくれることがあったが、それが自分だけぱったりとなくなった。

ほかにも、子供会の行事などでお菓子や小道具が不足していると、明人の分が渡されないといった、大人げない嫌がらせも多々あった。ほかの子供たちが気づかない程度に加減して行われるのがまた陰湿だった。

「わたしも知らなかった」

柚希は目を丸くしている。

「僕もだれにも言わなかったからね」

もともと幼少期から、島の大人たち、とりわけ十四家のひとびとは、高階家をどことなく敵視しているふしがあった。島一番の資産家だったし、祖父が独断で網元をやめたのが気に食わなかったからだ。さすが高階要治《ようじ》の孫だと嫌みを言われたこともある。

おかげで当時は、どろついた海水に足元を搦《から》めとられるような不快感を味わっていた。

「おそらく父も通った道なんだ」

言葉もない柚希に、明人は淡々と語った。

父も網元をやめた祖父にならって漁師にはならず、本土勤務の公務員になった。いっさい口にはしないが、幼少期から大人げない嫌がらせに耐えて育ったはずだ。いまも風当たりは強い。建築士になった兄もおなじで、結婚後の新居は本土に構えた。

漁業のなり手不足は深刻だから気持ちはわかるし、かわいさあまって憎さ百倍という言葉もある。島を守りたい気持ちが彼らを陰険にさせたのだろうが、いまとなっては呆《あき》れるばかりだ。

「父は祖父が漁をやめた真の理由や、人魚漁についての真相も絶対に知っているはずだが、決して語ろうとはしない。それが祖父との約束なのかもしれないけど、ただ黙って、生きざまだけで息子たちに島への反骨心を表しているふうに見える」

選ぶのはおまえ自身だと。

「反骨心……」

柚希がかみしめるようにつぶやいた。

東京の叔母《おば》は、よそ者でもないのに、なぜそんなに島の暮らしがいやなのかと笑っていた。

合わないのは島の暮らしではなく、因習にとらわれた島のひとびとだ。島を厭《いと》えば独特の疎外感《そがいかん》を味わわされる。柚希もおなじ感情を抱いていたのにちがいない。

「だから、きみが朝礼で倒れるたびに考えてた。いつか絶対に島の大人たちに逆らって、きみをここから連れ出してやろうって」

いまはもちろん、そんな子供じみた意地で動いているわけではないが。

「わたし、昔、倒れてたよね」

思い出したらしい柚希が、くすりと噴きだした。

「僕はずっとゆずを見てたんだよ、あのころから」

「知らなかった」

「精一杯、上手《じょうず》に隠してたからね」

さつきにだけは見抜かれてしまったが。

柚希がこっちを見つめたまま訊いてくる。

「明くん、昔、浜でわたしがおひれさまを逃したの、おぼえてる?」

「ああ。おぼえてるよ」

これも古い記憶だ。季節外に網にかかってしまったのだろうか。どういうわけであのとき、人魚が瑠璃ヶ浜でもないところに括《くく》られていたのかはわからない。本物を見たのはあれがはじめてだったし、想像よりもずっとグロテスクで言葉もなかった。

岩場に立ち尽くす柚希もひどく怯《おび》えた目をしていた。

「あのとき、どうして黙っててくれたの？」

「島の大人たちの言いなりになる必要なんてないと思ったから」

すでに疎外感はあって、自分の中で反骨心が芽生《めば》えていた。

「それにあの人魚は傷を負っていて、かわいそうだったし」

大人たちの金儲《もう》けのために喉《のど》を裂かれ、鰓《えら》を剝がれて腸《はらわた》を出されるのだと考えたら、柚希がやったことが悪い行為とは思えなかった。

「ゆずもそう思ったから逃がしてあげたんだろ？」

「うん」

当時を偲《しの》んで柚希はほほえむ。

「わたしが明くんを好きになったのは、あの日だったと思うな。手を繋《つな》いで、わたしのこと助けてくれたんだって……」

「なら、好きになったのは僕のほうが先だな」

あのときはもう、柚希は特別な存在だった。

得意げに言ったのがおかしかったらしく、柚希はくすくすと笑った。

けれど、じきに仰向《あおむ》けに戻って黙り込む。

どうしたのかと顔をのぞこうとすると、

「怖くなかった？」

今度は天井を見つめたまま問いかけてきた。

「ん？」

人魚の話の続きかと思ったが、ちがった。

「十五歳で島を出るとき。後ろ指をさされるような気持ちにならなかった？」

自分なら怖くてできなかったと。

「なったよ。……怖かった」

ふと、東京に発《た》つころに抱いた不安みたいなものを思い出した。

「怖かったの？」

「うん。あのころはまだ、島を出るのが怖かった。実は逃げてるんじゃないかと不安だったんだ」

島の人間が生業《なりわい》とすべき漁業や、十四家たちの嫌がらせから、勉強を理由に逃げているような気がした。島を出たところで、ひとびとが作りあげた人間社会は依然として広がっていて、居場所づくりのための努力はそれなりに必要なわけだが。

「だから、さつきから頼まれてもきみを誘えなかったんだ。怖いからきみを道連れにするみたいでさ……」

柚希を助けだす力を蓄《たくわ》えるために出るはずなのに、自信が持てなかった。

「漁師にならないうえに守子を誘って島を出るなんて、島の人間からみたらこの上ない罰《ばち》あたりな行為だもんね……」

「うん。それも怖かったんじゃないかな、あのころは」

自分もまだまだ、この島の思考に染まった状態だったのだ。

しばらく無言だったたが、

「でも、わたしたちがそういう掟破《おきてやぶ》りの前例を作れば、この先、選ばれた守子たちも選択《せんたく》肢《し》がふえて苦しまなくてもすむね。いやだったら、島を出ればいいって」

夢見るように柚希がつぶやく。

「そうかもしれない」

自分が祖父の決断や父の生き方を道しるべにしたように。

しかし逆に言えば柚希と翔真は、まだしきたりに従うしかない救いのない状況にある。

ふと、自分が不甲斐《ふがい》ない男に思えてきた。

「僕は、もっと早く告白するべきだったかな?」

あの浜で柚希の手を握ったときからなのだとしたら——。柚希をずいぶん待たせ、苦しませてしまった。

実際に連れ出せなくとも、せめて気持ちだけでも伝えておくべきだっただろうか。

「ううん」

柚希はかぶりをふった。

「わたしはずっと救われてたよ。さっきの言葉と、明くんの存在に」

お守りみたいなものだったのだと。

秘密をうちあけるようにささやいて、よりそってくる。

濡れた髪が、なめらかな薄桃色の頬《ほお》にしどけなくこぼれていた。

生気を取り戻した柚希は、ここへ来たときよりもずっと艶《つや》やかで色めいて見える。

頬にかかった髪をよけてやると、間近で視線がからんだ。

柚希には、この女にしか持ちえない、手放しがたいなにかがある。まだふれあってから
どれほども経っていないのに深い安心感があって、自分のからだの一部みたいに思えるの

だ。

「ゆず……」

熱っぽく潤んだ目が誘っているようで、急に欲しくなった。彼女が恥じらって顔をそむけるまえに、静かに唇をかさねた。

嵐はやまない。雨風の音がひっきりなしに戸を叩いている。

豪雨で樋《とい》が壊れるのではないかと頭のどこかでずっと気になっていたが、柚希の熱が自分になじんでくるとたちまちどうでもよくなった。

なんなのだろう。年月を経てもなお変わらないこの執着に近い愛情は。

とっくにどうでもよくなったはずの、島への郷愁《きょうしゅう》みたいなものだろうか。

自分でもよくわからない。

柚希もたぶん、あまりわかっていない。

それがわかるようになるまで、この先何度もこんな夜をかさねていくのにちがいない。

# 7.

ひゅるひゅると、どこかの隙間《すきま》をとおり抜ける風の音がして柚希は目をさました。

古い引き戸をひきずってあけるような音がそれに続く。

暗かった室内には、青い明るみと湿りけをはらんだ風が勢いよく吹き込んできた。

縁側のほうを見ると、雨戸をあけた明人が軒先《のきさき》を眺めながらペットボトルの水を飲んでいた。

まだ夜明け前だ。けれど雨は止んでいた。台風は遠ざかったようだ。

明人は、昨夜のうちに乾いたらしいTシャツをすでに着ていた。

自分は裸のままだった。あれからどれくらい眠っていたのだろう。くちづけて、あやされているうちに一線を越えてしまった。

脱がされたシャツを手探りでさがし、のろのろと半身を起こして袖《そで》を通した。

島守云々《うんぬん》はあまり関係なかったかもしれない。大人になって間もないふたりが健《すこ》やかな欲望にまかせて求めあっていた、ただそれだけの夜だった気もした。

(でも――)

不思議だった。ひとりで明人を想うときは良心を苛《さいな》まれ、祟《たた》りに怯えねばならないのに、ふたりでいるとき、とりわけ肌をかさねているときはその怯えや不安が微塵《みじん》も入り込んでこない。甘いぬくもりがこの身から忌《い》まわしい因縁《いんねん》を締めだし、忘れさせてくれるかのように。

あるいは、忘れたくて身をゆだねていただけなのだろうか――。

喉が乾燥していて空咳《からせき》をくりかえしていると、

「大丈夫？」

気づいた明人が縁側から声をかけてきた。

「うん」

柚希はぼさぼさの髪を手で梳《す》いてから、寝床から抜けて彼のもとに行った。太腿《ふともも》が見えすぎていても、もうそこまで気にならなかった。

「どうぞ」

飲みさしのペットボトルを差し出してくれたので、受け取って飲んだ。

「樋が台風で壊れてるんじゃないかと気になって見てみたんだ。起こしてごめん」

「ううん、もうすぐ朝だし」

東の空が徐々に白みはじめている。

「樋は大丈夫だった？」

「うん。なんとかもったらしい」

「よかった」

柚希は明人のとなりに座り、庭に視線をめぐらせた。

「……ここ、懐かしいな。昔、みんなでスイカを食べたね」

当時よりも狭く感じたが、庭の景色はほとんど変わっていないように見える。

「種をたくさん飛ばしたから、いつかスイカ畑になるとか話してたけど、ならなかったんだね」

「母さんが雑草と思って芽を摘《つ》んだのかもしれない」

明人が軽く笑った。

そのままゆるやかな風にうなじをあおられて夜明け間近の空を眺めていると、

「ゆうべ、情緒《じょうちょ》不安定そうだったから話さなかったんだけどさ」

いつもの凪《な》いだ声で彼がきりだした。

「きみがここに来る前に、香帆から電話があったんだ」

「香帆から？　なんて？」

なんとなく想像はついた。

「島のためにゆずとはつきあうなって」

「香帆らしいね」

安定のおせっかいに、くすくすと笑ってしまった。

「僕は気にしてないよ」

強がりなどではなく、心底どうでもよさそうだ。

「それよりあいつ、僕を説得するために、自分の親の話まで持ち出してさ」

「親？　亡くなったお母さんのこと？」

「そう。あいつがどうしてあんな必死なのか、ちょっとわかったよ」

明人は、彼女たちの赤子のすり替え劇についてを話してくれた。祥子とさつきが実は血の繋《つな》がったほんとうの親子で、さつきは海に捧げられるはずの贄子《にえこ》だったのだと。亡き香帆の母は、それに一枚かんでいた。

朝から、なかなかの衝撃だった。

「さつきのほんとうのお母さんは、祥子さんだったんだ……」

さつきが小さいころに死にたくなったのは、自分が贄子と知ったからだろうか。けれど溺《おぼ》れかけたところをママが助けてくれたのだと言っていた。あんたは生きなくちゃだめなのよと。いつもぼんやりしているママが、そのときだけははっきりしていたと。

あれは実の母の、心からの願いだったということだ。

「だからさつきは島を嫌ってたんだね」

みずからの素性《すじょう》についてはほとんど語らない子だった。長いあいだ憶測でしかなかった彼女の心が、いまになってようやく鮮明になってきた。

島への嫌悪感は、よそ者だったからではない。さつき自身も真相を知ったころから、忌まわしい島のしきたりに怒りをおぼえていたのだ。母の心を壊してしまったから。

「きみに何度も島を出ろと言ってきたのは、きっと守子であるきみを助けたかったからなんじゃないかな」

母みたいになってほしくないから。

もしかしたらそれは、祥子本人の願いでもあったのかもしれない。葬儀の日、途中退場するときに投げられた彼女のあの悲愴《ひそう》なまなざしを思えば――。

柚希はゆっくりと息をついた。

「わたし、翔真くんにこのことを話す。それで結婚なんてしないってはっきり伝えようと思う」

自分が翔真と結婚せず、子も産まなければ島守は成り立たない。

けれど、それでいい。

「もう、わたしたちの代で島守の制度を失くすの。もしそれで不漁になったとしてもかまわない。だって人魚を大切にするのは、結局お金儲《もう》けのためでしょ。人魚漁なんてやめればいい。お金だっていらない。そんなの、生贄《いけにえ》を捧げてまでも続けるべきことじゃないでしょ？」

宮司《ぐうじ》も、そういう道があっていいのだとこぼしていた。

「ああ。僕もそう思う」

明人がほほえんでくれたので、ほっとした。

納涼祭《のうりょうさい》は数日後に迫っている。それを機に、片をつけるのだ。さつきが導いてくれたとおりに。

夜が明けて、あたり一帯がほの明るくなっていた。

遠くの雑木林から、鳥のさえずりとセミの鳴き声が小さく響きはじめている。

早朝の清涼な空気が心地いい。台風で乱れた庭木やひまわりの眺めとはうらはらな、すがすがしい夜明けだ。

ふと、明人がこっちを見ているのに気づいた。

目が合うと、彼の手がのびて首を抱かれ、くちづけられた。

昨夜のように深くはなかった。ただ気持ちを伝え、たしかめるだけの優しいものだった。

「大学を出たら、一緒に暮らそう。潮騒《しおさい》の聞こえない遠い街のどこかで」

手をかさね、指を搦《から》めながらささやかれる。

「うん」

「かならず迎えにくるよ」

迎えにくる——。

その言葉で気づかされた。わたしの心はまだ島にある。住まいを京都に移したいまでも、依然として島の住人であり、この地に縛《しば》られたままなのだ。

島にいれば、潮騒を聞かない日はない。

島のひとびとが生み出した靄《もや》は海水にもひそんでいて、逃れようとするたびに、どこにも行かせまいとまとわりついてくる。

こんなとき、いつもならかなしくなるのに、今朝はそばに明人がいるから平気だった。

繋いだ手から伝わるぬくもりが、しきたりに背いても生きていけるのだと教えてくれる。

婚姻は儀式だけのものにしよう。島にはびこるあの呪いの靄をうち払って自由になるのだ。

柚希は祈るような気持ちで、明人の胸に身をあずける。

どうかそのときまで、わたしをはなさないで——。

# 第五章
# 祭祀の夜

# 1.

その朝。

柚希《ゆずき》は明人《あきと》と彼の家のはなれを出て〈海雀《うみすずめ》〉で軽く朝食をすませてから、ふたりで浜に向かった。

両親には、ゆうべは真莉《まり》の家に外泊したと嘘をついた。いまも真莉と一緒にいると思い込んでいるだろう。

「まだ来てないみたいだね」

柚希は砂を踏みながら、うみねこの舞う浜辺一帯を見回す。

そろそろ翔真が来ているはずだった。島守《しまもり》について話すため、だれもいないところに呼び出したのだ。ちょうど彼も柚希に連絡しようと思っていたところだという。

「釣りでもしてんのかな」

突堤《とってい》のほうを眺めながら明人がつぶやく。しけ後の荒食いを期待して早々に釣りにきた数人の島民が、意欲的に釣り糸を垂らしているのが見える。

台風の名残《なごり》で波はまだうねりが高いが、空は晴れていた。

砂浜は、台風の荒波にのって流れ着いたゴミや流木の欠片《かけら》があちこちに散らばって、雑然としていた。けれど空は澄みわたり、海風に心地よく頬《ほお》をなでられる。

「台風のあとの風って気持ちいいね」

「ああ。でもこの波じゃ今日の練習は中止かな」

明人が沖を眺めながらつぶやく。今日は夕方から、瑠璃ケ浜《るりがはま》で婚礼の儀の練習がある。

「あそこは入り江で、波の影響はそこまで受けなさそうだから練習はあるかも」

「舟はいつもよりゆれるよな。まじめに転覆させそうだ」

明人が真顔で冗談を言うので笑っていると、海岸沿いの道路の階段を下りて翔真がやってくるのが見えた。うしろに若い女の子を連れていた。髪が少し茶色くて、島民にしては小洒落《こじゃれ》た感じの子だ。

気づいた明人がつぶやく。

「あれって真莉の妹かな。美玖《みく》ちゃんだっけ？」

「たぶん、そう」

「おーっす」

翔真が手をあげて挨拶《あいさつ》してきた。

「なんでおまえまでいんの、アキ」

翔真がけげんそうに明人を見やる。翔真に連絡をつけたのは柚希だ。

「僕も話があってさ」

「話って、島守のことやろ?」

「おひさしぶりです」

美玖がまぶしそうに太陽に眼を細め、明るく挨拶してきた。

「おひさしぶり、美玖ちゃん」

柚希もほほえみ返した。

美玖は笑うとえくぼができる。目元は真莉に似ているけれど、美容師見習いだけあって髪型もメイクもいまどきっぽくて、翔真ともお似合いだ。

「贄子《にえこ》の話って、もしかして翔真くんも聞いてる?」

柚希は早々にきりだした。父が自分に洩《も》らしたということは、翔真もおなじように聞かされている気がした。

「……ああ、あのエグい儀式のことな」

翔真はあからさまに顔をしかめた。やはり聞いたのだ。そして漁師の彼でも納得はいっていないようだ。

柚希は美玖の存在が気になって、続きをためらった。十四家の人間とはいえ、当事者ではないから聞かれるのはまずいのではないか。

「あ、こいつなら口固いき、気にせんでくれ。連れてきた理由はあとで話すよ」

気づいた翔真が美玖の頭をひと撫《な》でして言った。

交際をうちあけるつもりで連れてきたのだろうか。明人もそう捉えたようで、柚希に代わって話しはじめた。

「昨日、香帆《かほ》と話してて、さつきのことがちょっとわかってきてさ……」

「さつき？」

「ああ。あいつ、養女なんかじゃなかったんだ。正真正銘《しょうしんしょうめい》の遠野《とおの》夫妻の子供だったんだよ」

明人は、さつきの生みの親は遠野祥子《しょうこ》で、真の贄子であったこと、当時、贄子として海に捧げられたのは、実は香帆の双子の兄だったことなどを話して聞かせた。

「すり替えって……、なんでそこまでせんといかんがやろな……」

翔真は苛立《いらだ》たしげに沖を睨《にら》む。

さつきの素性《すじょう》についてはそれほど驚いていなかった。ただ、島に対する憎悪みたいなものはいっそう深まったように見える。

美玖は黙ったままだが、いくらか青ざめていた。

柚希はひと呼吸おいてから、まっすぐに翔真を見つめた。

「わたし、あれからどうするかよく考えたの。婚礼をかたちだけのものにするか、実際に島守の夫婦になって島にとどまるのか。……それで決めたんだ。わたしはやっぱり島守にはならない」

「おう」

翔真がなぜか胸を張って誇らしげに受けとめた。

「で、アキが一緒ってことは、そういうことなんやね？」

ふたりはつきあっているのかと。

「……うん」

柚希は明人と目を合わせてから、はにかんで認めた。

「ほうほう、よかったじゃねえか、明人クン」

翔真が明人に肩をぶつけて茶化す。

この感じだと、ある程度、明人から聞いていたのだろう。

「やめろよ」

めずらしく明人が照れぎみで押し戻すと、

「実は俺らもつきあってんだ」

美玖の肩を抱き寄せて翔真は告げた。

「それは見ればわかるが初耳だな」

明人はやや不満げだ。

「悪かったよ、島守のことを思うと、なかなか言えなくてさ」

気持ちはわかる。いつ、だれに伝わって、どこまで広がるかわからない。おまけに自分たちには結ばれるべき相手がいるのだ。

「早いうちに結婚するつもりだよ」

「そうなの？」

「おまえ本気か。……美玖ちゃん、こんなやつでいいの？」

明人がまじめに問うので、

「おいっ」

翔真は笑いながらつっこんだ。

「早いうちって……、もう、近々するの？」

柚希が問うと、

「うん。年内や思います」

美玖がぴんと背筋をはって答えた。

えらく急な話だと驚いていると、翔真も表情をひきしめた。

「こいつ、妊娠《にんしん》してるんだ。だから、ちゃんと幸せにしてやりたくてさ」

「…………」

さすがにこれには驚いて、明人も柚希も一瞬、言葉が出てこなかった。

けれどお腹に手をあてた美玖が、うれしそうに翔真へ身を寄せてはにかむのを見て、妙な緊張がとけた。学生の自分たちと違って、翔真ならもう漁師としてそこそこ収入もあるから所帯を持てないこともない。

「おめでとう」

明人がいち早くふたりに告げた。柚希も「おめでとう、美玖ちゃん」と続けた。

そのお腹に翔真の子が宿っているのだと思うと不思議な感じがした。

「でも結婚ってどうするんだ、親父《おやじ》さんは許してくれるの？」

明人が問うと、

「認めさせるさ」

翔真は覚悟を決めているようすだ。

さすがに子ができたとなると迷ってはいられないのだろう。

「どのみち、島守の制度なんてクソくらえだろ」

翔真が、流木の破片を砂ごと蹴《け》って毒づく。

やはり、島への嫌悪がこのまえより深まっている。子を守りたいという気持ちだけでなく、ほかにもなにかありそうだ。明人も気になってか、じっと翔真を見ている。

ふたりして黙り込んだので、

「話す？」

美玖がそっと翔真の腕をひいて問う。

翔真は険しい目つきのまま嘆息《たんそく》した。なにかうちあけるべきことがあるようだ。

「なにを？」

つりこまれるように柚希が問うと、彼は告げた。

「さつきは事故死やない。自殺でもない。親父たちがあいつを殺したがや」

「え……」

殺した――？

柚希は耳を疑った。もちろん自殺ではないと信じていたが。

「どういうことだよ？」

「親父たちって、ほかにだれが……？」

訊かずにはいられなかった。十四家の漁師たちなら、そこには自分の父親も入っている。

「正確にはうちの親父と叔父貴《おじき》と、慧《けい》んとこの親父や。身内の恥《はじ》をさらすようでずっと言えんかったんだが――」

翔真が硬い声のままうちあける。

「さつきは叔父貴の工場で働きよったがやけど、あいつ、そこである事実をつきとめたがや」

「ある事実？」

「ああ。あの工場じゃ、人魚の肉を使《つこ》うた健康食品が製造されゆう。表向きはすっぽん肉と偽ってるが」

柚希は明人と顔を見合わせた。

「それ、わたし預かってるよ。さつきのお父さんが遺品として持ってきてくれたの。帰省《きせい》したとき、わたしに渡すつもりだったみたいで」

「そうなんか？」

翔真は目をみはった。

「……あいつ、成分の偽造を告発するつもりやったらしい」

「島の闇を暴くつもりだったのかな……？」

柚希がつぶやくと、明人が頷《うなず》いた。

「得体の知れないものが使用されてると言って商品を販売中止に追い込み、人魚の漁獲そのものをやめさせたかったんだろう。そうすれば島守の制度もなくなると考えた。だからあのサプリはたぶん、きみを説得するための小道具だったんだよ」

人魚の存在や魚肉の用途を話し、十四家のひとびとが赤子をひとり犠牲《ぎせい》にしてまでも守ろうとしているものとはなんなのか。それをわからせ、婚礼をやめさせるために。こんなもののために、島守になどならなくていいのだと。

「さつきはわたしを島から出して、人魚漁もやめさせてしまうことで、この島の忌《い》まわしい因習を完全に絶とうとしてたんだね」

もうだれにも、母みたいに苦しんでほしくはないから――。

「ああ。でも、叔父貴がそれに気づいて親父たちに相談をもちかけたがや。さつきにはもともと、生贄《いけにえ》として海に捧げるべきやという声が十四家のあいだにあってさ」

柚希はいやな気持になった。

「それって、さつきがほんとうの贄子だから……？」

「ああ。人魚だけでなく、ほかの魚介の不漁が続くのはさつきが生きちゅうせいやって」

「それでさつきを――」

殺すと決めたのだろうか。告発の阻止と、人魚漁のために。

翔真はひとつ頷いて続ける。

「さつきが死んだあの日、香帆んとこの店で工場の送別会があった。そこでさつきに酒をしこたま飲まして浜へ連れ出して、事故を装《よそお》うて溺《おぼ》れさせたがや」

暗がりの浜で、海に慣れた複数の漁師たちが動けばどうにでもできるだろう。

「そんな……」

昔からよく知るひとたちが、そんな非道なことをしていたなんて信じられない。

「人魚漁については、おまえはどこまで知ってんの、翔真?」

明人がたずねる。

「ある程度は聞かされちゅう。漁期は六月から八月までと決められとって、毎年、六月の初旬に初水揚《はつみずあ》げが行われるらしい」

「その時期が旬ってことか?」

「水温が関係しちょって、親父たちは回遊パターンをあらかじめ把握《はあく》しちゅうようや」

出漁前には十四家の漁師たちが集まり、神社で安全祈願を行う。神主《かんぬし》による祈禱《きとう》や船具の清め、航海の無事を祈る儀式が行われる。

漁獲量は多くて年間十五～二十四だという。

「俺はまだ下《した》っ端《ぱ》やき、漁には参加させてもろうてねえ。海底の地形が陸とおなじように頭に記憶できて、魚群探知機もソナーもなしで一丁前に漁ができるようになったらやらしたるってさ」

父たちのようにベテランの漁師は、海中の岩場や藻場《もば》、群れの通り道などは頭に全部叩き込まれている。

「実は〈魚蔵《うおくら》〉に入れられた人魚を見たことがあるがや」

翔真は声をひそめた。

砕氷《さいひょう》の入った箱内で、凍った人魚が何体も眠っていたという。

「最近は人魚が捕れたら船上ですぐに前処理にうつるらしい。尻尾《しっぽ》と内臓を取って神経締めをやって、血抜きして叔父んとこの冷凍庫行きや」

マイナス六十五度で一日半ほど急速冷凍したのち、冷凍倉庫に保管されるのだという。〈八富水産《やとみすいさん》〉の冷凍倉庫には、いまもおひれさまが何体も眠っているということだ。

美玖はサンダルのつま先を見下ろし、じっとおとなしく話を聞いている。自分の子を守るかのようにお腹に両手を当てて。

翔真は続けた。

「俺はこれまでずっと父親から『さっさと柚希を娶《めと》れ』って言われよった。不漁の原因は島守の婚姻が遅れちゅうせい、おまけにそれを芝居で済まそうとしちゅうせいやき言われてさ。だからおまえとの結婚もせんとならんのかなって、ちょっとまじめに考えよった」

翔真も祟《たた》りは怖いのだろう。

「でも春先の不漁を受けて、親父たちがさつきを殺す計画を立てはじめたのを偶然に聞いちまってさ」

「どこでそんな話をしよったの」

「漁に出たときや。海の上なんか、絶対にだれにも聞かれんきな」

吹きすさぶ海風の中で、残酷《ざんこく》な会話がかわされたのだ。

「そこからだんだん疑問を抱くようになった。生贄のならわしにしてもそうやが、人殺しまでして守るべきもんって、いったいなんなんやろってさ」

そして実際にさつきが溺死《できし》したこと、さらに今月にはいってから、美玖が身籠《みご》もったのを知らされて完全に心が変わったのだという。

「ガキのために、俺はもうあとにはひかん。どのみちだれかが不幸になる島のしきたりなんて、守る意味も価値もないやろ」

「わたしもそう思う」

島守の制度にはなんの価値も見いだせない。人魚にとりつかれた大人たちの薄汚い欲望があるだけだ。

「もう、わたしたちの代で、なにもかも終わりにしよう」

「おう。ひとまずは十四家の言いなりになっといて、今度の大祭の儀式だけは無事にすませようぜ。準備もすすんでしもうちゅうしな。で、そのあとの入籍はせん。俺が美玖の話をして、説得するよ」

　翔真は絶対に自分の子を守るという。

「うん」

　柚希も同意した。身勝手かもしれないが、数年前に婚姻は儀式のみと決まったのだ。大人たちが都合よく話を変えて圧力をかけてきているのにすぎない。

「さすがに宮司《ぐうじ》さんには相談したほうがいいか？」

　翔真が明人を見やる。

「ああ。そうだな」

　明人は慎重に頷いた。

「大丈夫だよ。あのひとはきっとわかってくれると思う。このまえ言ってたもん、終わらせてもいいのかもしれないって」

　柚希は前向きに言う。以前、禁足地であったときにそれらしいことを言っていた。

「宮司さんが？　そりゃ心強いな」

翔真は意外そうだ。

「僕はサプリの主成分が偽装であることを消費者庁に通報しておくよ」

明人が言った。消費者庁の窓口に通報すれば、適切な対応を検討《けんとう》してくれるのだという。

「おう、頼んだ」

これでさつきが望んだとおり、販路を断って人魚漁をやめさせられるかもしれない。

両親や島のひとびとを裏切る不安はある。遠い昔から代々続いてきたならわしを自分たちの代で終わらせるなんて、それこそおひれさまの祟りが怖い。

でも――。

どこかでだれかが終わらせないと、永遠に犠牲を出し続けることになるのだ。これがまちがった選択だなんて思いたくない。

柚希はうねりをもってゆれる海原《うなばら》に視線をうつした。

(きれい……)

まばゆい陽の光に満ちた海原を見ていると、島を嫌いだという感情が薄らいだ。

島のひとびとが吐き出すあの靄《もや》がすっかりなくなって、きれいになっている。

底荒れしたせいで海水はまだ濁《にご》っているけれど、じきに澄んでいつもの透明度を取り戻すだろう。

こんな希望に満ちた気持ちで沖を眺められたのはひさしぶりだった。

## 2.

その日、陽が落ちてから、柚希はふたたび翔真と会い、ふたりで宮司のもとに赴《おもむ》いた。

宮司は、神社のとなりの一軒家に住んでいる。太い柱の通った立派な日本家屋だが、妻を亡くし、子もいない独り者が住むには大きすぎるように見えた。

島守のふたりが揃ってたずねてきても、なぜか宮司は少しも驚かなかった。

「どうぞ、おあがりなさい」

案内されたのは、玄関からすぐの広い畳《たたみ》の間だった。神社の境内《けいだい》や社務所《しゃむしょ》とおなじく、掃除《そうじ》はすみずみまできちんとゆき届いている。

正座して膝をつきあわせると、意外にも宮司のほうからきりだしてきた。

「贄子の儀式についての相談ですか?」

「え?」

「実は柚希ちゃんのお父さんから、勢いでそのことを娘に話してしまうたと相談があってね」

「父が……？」

本来なら子を身籠もったあとに告げられるべきことだから、不安になったのだろう。

「俺も聞いてます」

「柚希ちゃんちに合わせたのでしょう。今夜はその相談ではないのかい？」

「あー、いや、それ以前の問題です……」

翔真が言いづらそうに額をなでた。迷いがあるというよりは、決心をどう伝えるべきか言葉を選んでいるふうだ。

「わたしたち、答えを決めたんです。ほんとうの島守の夫婦になるかどうかの」

柚希が言うと、

「ああ。どうされますか？」

宮司は表情をあらためた。

「島守にはなりません。俺は美玖と結婚します。子供ができたんで」

ここは堂々と翔真が告げた。

「翔真くんの子……？」

宮司は目をみはった。

「妊娠《にんしん》させたのかい？」

「……はい」

あまりにも宮司が驚くせいで、翔真がやや怯《ひる》んだ。

「そうか……」

宮司は慎重に受けとめながら、ゆっくりと頷《うなず》いた。

それから数拍の沈黙がおりた。子ができたとなれば、もう柚希と結婚し、島守になることはできない。十四家のなかには堕胎《だたい》させてでも柚希と夫婦になれと言い出す漁師もいそうだが――。

宮司がどう出るか読めず緊張していると、

「美玖ちゃんは産むつもりながやね？」

宮司が翔真に問う。気を遣っているのだろう、険しく見えた顔つきがまた優しくなった。

「はい、もちろんです」

翔真は毅然《きぜん》と頷いた。

迷いのない返事に、宮司はむしろ安堵《あんど》したようすだった。

「わかりました。では祭祀《さいし》を無事に終えたら、私がきみのご両親と十四家の方々を説得するとしよう」

「いいんですか？」

思わず柚希は問い返していた。

「かまいません。婚姻は儀式だけのものにしましょう」

凪《な》いだ目をしたまま告げる。

「島守の役目は放棄してえいゆうことっすか?」

期待通りの流れではあるが、翔真も問いなおす。

「島守の制度をなくそうという声は、我々のころからすでにあがっていました」

「そうなんですか?」

意外だった。

「ええ、みなが恋愛で結婚していくなか、守子のふたりにだけは選択の自由がない。断ることさえできないなんて、お見合い結婚よりもたちが悪い。あれは私たちのころでも十分に時代錯誤《じだいさくご》ならわしやったんです」

「祥子さんたちのために?」

宮司の代だと、さつきの両親が守子だ。

「遠野夫妻は私の幼馴染《おさななじみ》でもありました。幼いころは妹の夏美《なつみ》や、亡くなった〈魚蔵〉の惟子《ゆいこ》さんたちとみんな仲良しでね、ようみんなでこの神社の境内で一緒に遊んでいたんです。ちょうどきみらのようにね」

たしかに昔、ここでもよく遊んだ。

「ですが、彼らの生まれた年は島守の当たり年で、神籤《みくじ》で恒史《ひさし》と祥子さんが守子に選ばれてしまった」

選ばれてしまったという言い方がひっかかった。

「ふたりは幼馴染で、初恋どうしだったと聞いていますが」

八重子《やえこ》がそう言っていた。

「ええ。だから、みながふたりを祝福した。本人たちも幸せでいっぱいでした。贄子を捧げるしきたりがあると告げられるまではね」

祥子はなにも知らないまま、子ができるのを今か今かと待ちわびていた。

そしてようやく授かったところで、先代の宮司の口から残酷《ざんこく》な使命を告げられたのだ。

「私は夫婦から、どうにか生贄《いけにえ》は回避できないかとひそかに相談を受けました。私も残酷な使命には疑問をおぼえていたし、長い不妊治療に苦しんだ彼らの思いを汲《く》んでやりたかった。それで当時の宮司だった父に相談し、思いきって十四家の漁師たちに贄子の儀式はなくしてはどうかと提案してもらったのです」

ところがおひれさまをないがしろにするなんてありえないと彼らは猛反対し、遠野夫妻は泣く泣く儀式に臨《のぞ》むはめになった。

「もうきみたちも知っているだろうが、とても複雑な経緯を経てね」

　捧げられたのは惟子の子だ。

「結果、祥子ちゃんは親友を亡くし、みずからの心も失ってしまった。あまつさえ愛娘《まなむすめ》の命まで絶たれ――」

　宮司は暗い目をして続けた。

「私は後悔《こうかい》しているんです。あのとき強引にでも贄子の儀式を取りやめていれば、こんなことにならんかったのではないかとね」

　惟子も祥子も自分の子を死なせずにすみ、病《やまい》にもならずにすんだ。

「宮司さん……、もしかして、さつきの死因についてもご存じですか？」

　膝の上で拳を固く握りしめていた翔真が、上目で問う。

「ええ」

　宮司はいっそう苦い表情で認めた。

「さつきちゃんは溺死《できし》させられた。きみの父親も含む、数名の漁師たちの手でね」

　やはり事実だったのだ。

「なぜ宮司さんまでご存じなんです……？」

　翔真に代わって、柚希が問う。

「真の贄子がまだ生きているという事実を知った彼らが、海に捧げるべきではないかと相談しにきていたからです」

祥子のわがままで贄子はいまだに陸《おか》にいて、おひれさまの意志に背いた状態だ。だから、いつ祟《たた》りが起きるかわからないと、漁師たちのあいだで不満が高まっていったのだという。しかもここ数年は不漁が続いているのでなおさら。

「そのたびに彼らを説得して事なきを得てきましたが、なんの因果《いんが》か、さつきちゃんが人魚の肉を加工している事実をつきとめてしまった」

「例の、〈八富水産〉のサプリメントですか?」

「そうです。それで漁師たちの心も決まりました。私は必死に止めたが、不漁に焦っていた彼らは耳を貸さず、実行に移してしまったんです」

先日、彼らが殺害を懺悔《ざんげ》しに来たときには絶望したという。

「彼らも罪の意識に苛《さいな》まれて私にうちあけたんでしょうが、正直、受け止めきれませんでした」

「…………」

どうにもやりきれない。翔真の父や叔父《おじ》だけではない。自分の父も仲間のひとり。同罪だ。

エアコンがききはじめているのにもかかわらず、背中にはいやな脂汗《あぶらあせ》が滲《にじ》んでいた。

翔真も明人もじっと口をつぐんでいたが、

「でも宮司さん――」

翔真が固い声で沈黙をやぶった。

「親父《おやじ》たちが人魚の漁を続けるんは、なにも金儲《もう》けのためだけってわけやないと思います。人魚の主食は牡蛎《かき》やわかめや。狩猟をやめて人魚が繁殖《はんしょく》しすぎれば、それらを過剰《かじょう》に捕食されるき、海中の環境が変わってしまう恐れがある。そうなったら漁にも影響がでてきます」

父もおなじことを言っていた。島の漁業のためにしているのだと。

「ええ、その通りです。だから適当に人魚を間引《まび》いて調節している。それも代々、この島の漁師たちの仕事ですね」

心得ているとばかりに宮司は頷く。

「ですが最近は海水の汚染がすすんでいるせいで、人魚の個体数はかなり減っているようです。だから、今後は間引きも必要なくなっていくがやないかと」

「……なるほど、そうかも」

翔真はいくらか安堵したようすで頷いた。

「きみたちが言ったように、いらぬ犠牲《ぎせい》を払ってまでも島守の制度を続ける必要はありません。婚姻は形だけにしましょう。この先を生きてゆく島のひとびとのためにもね」

「はい」

柚希は、翔真とともに深く同意した。異論はなかった。

「ところで、柚希ちゃん。きみは明人くんと交際しているんですか？」

いきなり宮司に訊かれ、柚希はどきっとした。

このまえ瑠璃ヶ浜で一緒のところを見たからだろう。

「はい」

少し赤くなりながら認めると、

「そうですか。やっぱりね。仲がええのはけっこうなことや」

宮司は目を細めながらほほえんだ。

どこまで見られていたのだろう。柚希は少し恥ずかしかった。

## 3.

八月十日。

正午に天沼《あまぬま》神社で神楽太鼓《かぐらだいこ》の叩き出しがおこなわれ、それを合図に納涼祭《のうりょうさい》がはじまった。

神社の楼門《ろうもん》前を中心に五台の神輿《みこし》が整列し、それぞれが太鼓や鉦《かね》を打ち鳴らして島の集落ににぎやかにくりだす。

瑠璃ヶ浜にひとが集まりだすのは日没後だ。ふだんは無人の浜辺がにぎわうのは、年に一度、この日だけである。

宵《よい》の口《くち》、婚礼の儀を控えた柚希は、鯨幕《くじらまく》の張られたテントのなかで花嫁支度《じたく》を終えていた。幕がおめでたい紅白ではないのが気になったが、神道《しんとう》で慶事《けいじ》に白黒の鯨幕を使うのは決してめずらしくないのだという。

リハーサルのとおり、長襦袢《ながじゅばん》に掛下《かけした》を着かさねて、帯の類《たぐい》を締め、瑠璃の差し色のはいった白打掛《しろうちかけ》をひきかけた。

身につけた色小物ももちろん瑠璃染めだ。

結いあげた髪には銀の簪《かんざし》がきらめき、目もとにはおひれさまの鰭《ひれ》と水泡《すいほう》をあらわす不思議な文様が描かれた。

「まあ、ゆずちゃんほんとにきれいや。お人形さんみたい」

おかみさんたちが代わるがわる見に来て、口々に褒《ほ》めそやす。

実際、自分が自分でなくて、祭りの時間だけ息を吹きこまれた人形のようだった。

裾《すそ》をあげた褄取《つまど》り姿でテントを出ると、日没の瑠璃ヶ浜には島内を練《ね》り歩いてきた絢爛《けんらん》豪華《ごうか》な神輿が集結していた。

各所に篝火《かがりび》が焚《た》かれ、夜空を焦がしている。

「きれい……」

伝統行事特有の幻想的な眺めには、いつもながら目をうばわれる。

はじめに、修祓《しゅばつ》の儀として子供神輿と大人神輿が順に海に入り、海水で神輿を清めた。

その後、海神《わたつみ》であるおひれさまに届くよう神楽を奉納したあと、漁師たちを中心に、ひとびとが一年の航海の安全と豊漁や無病息災《むびょうそくさい》を祈願した。

婚礼の儀に移ったのはこのあとだった。

およそ二十五年に一度のめでたい婚礼の祭祀《さいし》。和婚ではおなじみの龍笛《りゅうてき》や笙《しょう》の音が流れだすと、浜はそれまでの祭りのはなやいだ空気とはうってかわって、おごそかな雰囲気《ふんいき》に包まれた。

柚希は浄衣に身を包んだ祭事役らを前に、両親と別れの盃をすませた。

御神酒《おみき》がやけに喉《のど》に沁《し》みた。

島民たちは実際の夫婦になるのを期待しているだろうけれど、これは儀式だけのものにすぎない。現時点では両親さえも騙《だま》しているのだから心苦しい。

黒留袖姿《くろとめそで》の、介添《かいぞ》え役の夏美に片手を預け、練習したとおりに粛々《しゆくしゆく》とおひれさまの祠《ほこら》に向かう。

柚希に、ひとびとの好奇の視線が集まっている。

今夜、花嫁見たさにこの瑠璃ケ浜につめかけた島民は多い。十四家の漁師たちをはじめ多くのひとが、これがほんとうの婚礼だと思い込んでいるのだろう。

絶えずうち寄せる波の音を聞きながら、ゆっくりと一歩ずつ、砂を踏みしめて慎重に歩く。

板張りの桟橋《さんばし》をすすみ、明人が待つ嫁入り舟に乗りこんだ。

船頭役の明人は、黒い半纏《はんてん》に身を包み、じっと柚希を見守っている。

海を渡るのは明人と、花嫁の柚希と介添えの夏美だけだ。宮司《ぐうじ》や花婿は先に渡り、祠で待つ決まりになっている。

祠があるのは島からわずか五〇メートルほど先だ。

花嫁をのせた舟はゆっくりと水面を滑りだし、祠に向かう。

静かに櫓《ろこ》を漕ぐ明人はなにを思うだろう。意に染まぬ、島のための結婚。けれどこれはかたちだけのもので、明人と心をかよわせたいまとなっては、かなしみやせつなさに胸を痛めることはなかった。

狭い湾内にはほとんど波がなく、舟は淀《よど》みない動きで水面をすすむ。

船着き場に焚かれた篝火が皓々《こうこう》と燃えている。

その横で、紋付袴《もんつきはかま》姿の翔真と浄衣《じょうえ》に身を包んだ宮司、それに巫女装束《みこしょうぞく》の若い娘がひとりまっているのが見える。巫女役は夏美の娘だ。

儀式にたずさわるひとの数が少ないのは、頂上の面積が狭いからだ。小島に到着すると、舟がぐらりとゆれた。

柚希は、舟に明人を残して船着き場にあがった。

明人が、一瞬、翔真と目配せしあって笑ったのがわかった。島民をあざむくためのひそかなとりかわしに、少しばかり緊張がほぐれる。

小島は岩場だらけで足元がきわめて悪かった。

潮風にさらされた鳥居の奥に、祠へと続く階段が伸びている。石を削《けず》ってかろうじてそれらしく造りあげられた不安定な階段だ。勾配《こうばい》も思いのほかきつい。

宮司を先頭に巫女と翔真が続き、柚希は提灯《ちょうちん》を掲げた夏美に片手をあずけてその階段を昇ってゆく。

「大丈夫？」

夏美が気遣ってくれる。

「はい、大丈夫です」

実際、重い白無垢《しろむく》姿で足場の悪いところを歩くのは骨が折れた。足を踏み外したらどうなるのだろう。息をつめて、一段、また一段と慎重に歩をすすめる。

数歩登れば木々が生い茂って、島民たちのいる陸《おか》からこちらを見ることはできなくなる。ひとびとの視線が届かなくなると、いくらか気が楽になった。

小島の頂《いただき》に、おひれさまの祀《まつ》られた祠はあった。

潮風にさらされた、古ぼけた木造の小さな祠だ。目にしたとたん、なぜか肢体《したい》を覆《おお》う白無垢がずしりと重みを増したような錯覚《さっかく》を抱いた。

祠の前には祭壇《さいだん》が設けられている。

ろうそくの明かりがそこかしこでゆらいで、厳粛《げんしゅく》な空気が満ちている。

祠の脇の岩には刀架《とうか》があって、一本の剣が置かれている。神具のひとつだろうか。

祠の向こうは外海が見渡せて、すぐ下は荒波がうち寄せる断崖《だんがい》である。高さは八メートルほどだと聞いた。誤って落ちれば溺《おぼ》れ死ぬだろう。

柚希は祭壇の前で待つ翔真のとなりに並んだ。

波の音が迫るように響いてくるなか、まずは斎主《さいしゅ》である宮司が祭壇に向かって祝詞《のりと》をあげた。柔和《にゅうわ》なふだんとはうってかわって、神威《しんい》をおびた張りのある声が鼓膜《こまく》をふるわせる。

果たしてこんな、地主神を――おひれさまを欺《あざむ》くようなまねをしてよかったのだろうか。

ここへきて不安が増したが、翔真の盃に御神酒が注がれると、そちらに気がそれた。

（これが三三九度《さんさんくど》の杯か……）

芝居であるがゆえに、自分が自分ではない感じがした。

操り人形みたいな虚無感のなかで三献の儀を終え、最後に支度されていた玉串《たまぐし》を翔真とふたりでささげると、儀式そのものは無事におわった。

しきたりにのっとって、夫婦としての態《てい》で御神酒を飲み終えてしまうと、ほっとして、張りつめていた空気が一気にゆるんだ。

「翔真くん、柚希ちゃん、本日はご苦労様でした」

宮司がねぎらってくれた。

柚希は肩の荷がおりて、ほっと息をついた。

翔真も「ういっす」と軽くはにかんで頭を下げた。

ところが、

「〈海宝《かいほう》の雫《しずく》〉のことを消費者庁に通報したのは君たちですね？」

交互に目を見つめて問われ、ぎくりとした。

まなざしにふだんの穏やかさはなかった。

「……そうです」

となりの翔真がかろうじて認めた。宮司の腹がよめず、ふたたび緊張が高まった。

「事実が明るみにでれば商品は販売中止になる。きみたちの目的は、人魚漁をやめさせることやね？」

淡々と問われ、翔真が「はい」と正直に認めた。

宮司は肩をすくめた。

「残念ながら販路を断つことはできん。私も、とうの昔に試みました」

「え……？」

「高値で売れる人魚の肉には、十四家以外にも大勢の人間がかかわっている。客のなかには効能に心酔している者も多い。そういったひとたちが黙ってはいないのです」

宮司は辟易《へきえき》したようすで続ける。

「この島には昔からリゾート化の話が何度かもちあがっている。もしもビーチが整備され、ホテルや旅館をはじめ商業施設が充実すれば、島は観光客が落とす金でおおいに潤うでしょう。そうして発展した離島は多くある。だが、この天沼島だけは昔から、何度も話が見送られています」

明人も言っていた。実際、いつまでも代わりばえのない閉鎖的な島のままだ。

「親父《おやじ》たちが反対するからですか」

引け目を感じてか、翔真が低い声でぼそっと問う。

「それだけではありません。さきほど言った、人魚漁で得られる利益を守るべく各界の有力者の力が働いているからです」

「有力者……」

人魚の肉が持つ不老長寿《ふろうちょうじゅ》の効果や、未知のはかりしれない可能性の虜《とりこ》になって高額を注ぎ込む資産家が存在している。金と権力を持つ彼らに、訴えを揉《も》み消されるのだという。

この島は、人魚の肉にとりつかれたひとびとの私欲によって、大昔からずっと守られてきたのだ。

「どのみち、販路を断っただけでは島守の因縁《いんねん》は断ちきれない」

宮司はやけに冷静に告げた。

「なぜですか……」

皮肉めいたまなざしが気になった。

「ほんとうの守子の男子が翔真くんではなく、明人くんだからです」

# 4.

ほんとうの守子が明人？

柚希は耳を疑った。

「……どういうことっすか」

翔真も横で、驚きのうちに問う。

頭が混乱してきた。

宮司は、御祈禱《ごきとう》に使う御幣《ごへい》の乱れを軽くととのえながら語りだした。

「二十二年前、遠野夫婦から贄子の儀式をなくせないかと相談を持ちかけられたときから、私は島守のしきたりそのものが元凶であると考えるようになった。しきたりさえなくなれば、だれも苦しまずにすむはず。だから忌《い》まわしい因習を断つために、守子の選定時にひそかにあたり札をすり替えたのです」

「あたり札をすり替えた？」

「そう、守子どうしが結ばれんようにね」

柚希が八歳のときの話だ。

たしかに守子のふたりが夫婦にならなければ島守は成り立たない。

「たとえそのせいで海が荒れようが不漁が続こうが私はかまわんと思った。むしろそのほうがえい。人魚が獲《と》れなければ漁師たちはいずれあきらめるやろう。そうなれば贄を差し出す必要もなくなる。そう考えたんです」

根本はさつきとおなじ考えだ。

「明人くんが島を出て東京の高校に行ってくれたのは渡りに船やった。少しでもふたりが離れてくれといたほうがえいからです。ところが二年前、きみたちの成人式を眺めていたときに気づきました。どうやらきみと明人くんが惹《ひ》かれあっていることに」

宮司は責めるように柚希を見る。

「おまけに時代の流れもあり、島民たちの話し合いで、島守の婚姻は儀式だけにしようということになった。……あの決定には参りました。きみが明人くんと結ばれる可能性が大いに増してしもうたわけやからね」

宮司は冷静に続ける。

「なんとかふたりの仲を裂かねばならない。……私はきみが本来の島守の制度にのっとって、無理にでも翔真くんと結婚すればうまく収まると考えました」

まずは近年の不漁を口実に、しきたりどおり守子を結婚させるよう十四家の漁師たちをけしかけた。漁師たちは当然、それに乗ってきた。

「簡単でしたよ、彼らは祟《たた》りを極端に恐れていますから」

「…………」

だから急に父は翔真と結婚しろとうるさくなったのだ。一度は儀式だけで済ますと決まったはずだったのに――。

「きみたちふたりにさっさと夫婦になってもらうために、婚礼の儀も今年決行にしました」

島内では、ふたたび島守の婚礼を期待するムードが高まって、事はうまく運ぶかのように見えた。

「ところが、先日、帰島したきみを見て、どうやら明人くんと惹かれあったままなのを知ったんです。きみと明人くんが瑠璃ヶ浜に忍び込んでいた、あの日ですよ」

柚希はどきりとした。

自分たちを浜で見つけたとき、たしかに宮司は異様なほどに驚いていた。人魚肉の干物《ひもの》を見られたせいだと思っていたが、ふたりの関係を確信してしまったからだったのだ。

「私はきみに明人くんをあきらめてもらうため、漁師たちの手を借りておひれさまの祟りを演出しました。目につく場所に潮水を撒《ま》いて、鱗《うろこ》をばらまいて小細工《こざいく》をさせたんです」

「あれは……、ぜんぶ宮司さんたちの仕業《しわざ》……?」

潮の匂《にお》いが強い不自然な水溜まりに、見たことのない大きな鱗がきらめいて妙に怖かった。祟りの予兆としか思えず、ずいぶん追いつめられた。

人為的に仕組まれたもので、祟りではなかったのか。

「みな、島のためによろこんで協力してくれました。にもかかわらず結局、きみは明人くんを選んでいる。先日、美玖ちゃんが身籠《みご》もり、やはり島守の婚姻は儀式だけにしたいときみたちから報告を受けたとき、私の計画は完全に失敗したと思いました」

宮司は無念とばかりに目を伏せる。

「………」

父も小細工に加担していたのだろうか。十四家の人魚漁への執念は空恐ろしくさえある。

二の句がつげず、柚希と翔真がただ立ち尽くすなか、宮司は岩の上の刀架《とうか》に横にしてあった神剣を手にした。

そして鞘《さや》からすらりと剣を引き抜いた。

なにをするつもりか、意図が読めなかった。

刀身がサバの腹のような鈍い光を放って、柚希は身をこわばらせた。直感的に真剣だとわかった。飾りものの神具ではない。

「柚希ちゃん」

鋭利な切っ先を向けられ、「ひっ」と息を呑《の》む。

「伝承にあるとおり、どうあってもきみは明人くんと強く惹かれ合い、いずれ子をなして島に捧げるようにできている。それを思い知りました。……だが、島守の制度はもはや必要ありません。彼をあきらめられないというのなら、もはやきみには死んでもらうしかない」

「そんな……」

死ぬなんて。なにを言っているのだ、この宮司《ぐうじ》は。

「本気で言ってるんすか……」

翔真も声をわななかせる。

「冗談でこんな愚かなマネはしません。柚希ちゃんに贄子を産ませるわけにはいかんがや」

宮司は暗い目をしている。

「ごめんね、ゆずちゃん」

横から夏美に腕をつかまれて、はっとした。

「や……」

異様な力強さから、彼女が自分の味方ではないのがわかった。ずっと優しかったのに、始末するつもりで騙《だま》してここまできたのだ。宮司とおなじく、幼少期からなにかと世話になったひとだったのに。

「やめろっ」

翔真がとめようと動きかけたが、刃先で制される。

「……っ」

これではさしもの翔真も身動きがとれない。

夏美は柚希を捕らえたまま祭壇《さいだん》の脇を抜け、祠《ほこら》の裏に向かう。

「はなして……」

この先は断崖《だんがい》だ。海に突き落とすつもりか。

「はなしてくださいっ」

思いきり踏ん張り、その手をふりほどこうとするも、強い力で阻止された。かさも重みもある白無垢《しろむく》を着ているからまともに抵抗できない。

「筋書きはこうや。翔真くんとの結婚を受け入れなかったきみは、追いつめられ、世を儚《はかな》んで自害してしまった、と」

「自害……？」

みずから海中に身を投げたことにするつもりだ。

「そうです。衣装合わせの日、島のご婦人方がきみと香帆ちゃんの会話を聞いている。つまり、きみがほんとうはだれを想っているのかをよく知っているわけです」

「そんな……」

たしかにあのとき、香帆が暴露してしまった。

「大丈夫です。信心深いみなさんは、きみがおひれさまの祟りによって死んだがやと解釈してくれます。事実、この皮肉な巡りあわせこそが祟りなのかもしれんがね」

決して、しきたりに背いてはならぬと――。

「あんた……、どうかしてますよ、宮司さんっ」

翔真は声を荒らげるが、背後に回っていた夏美の娘がすかさず翔真の口にダクトテープを貼りつけ、声を封じた。抵抗しようにも、目の前には抜き身の真剣が鋭く迫っている。

「翔真くん。きみはどうせ、島守の責務を放棄して別の娘と情を通じた薄情者や。どう弁明しようとも言い訳にしかならん」

冷ややかに告げられ、翔真がうちのめされたような表情になった。宮司にとって美玖の妊娠はほんとうに迷惑だったのだろう。この凶行に及ばねばならなくなったからだ。

「うう……」

翔真は唸《うな》って威嚇《いかく》するが、島民のいる岸までは届かない。下にいる明人が気づくかどうか――。

柚希も口を押さえられ、断崖のぎりぎりまで追いたてられた。

「…………っ」

黒々とした夜の海が眼下に広がり、めまいがした。

つま先のはるか下ではくりかえし荒波が打ちつけ、月明かりに照らされた波の花が白々と跳ねあがっている。こっちへ落ちろと誘うかのごとく。

柚希は力いっぱい身を捩《よじ》り、口を押さえる夏美の手をふり払おうとした。

「はなしてくださ……っ」

しかし腕をつかむ手はびくともしない。おそろしく強い力だ。

夏美も兄とおなじ思いなのだろう。島守のいざこざのせいで大切な幼友達だった惟子を亡くし、祥子の心も失ってしまった。だから話にのったのだ。ぜんぶ終わらせるために。

歯がゆくてたまらない。因習を断ちたいという思いはおなじなのに。

明人をあきらめれば生かしてもらえるのだろうか。

いや、いまさら遅い。覚悟を決めて臨《のぞ》んでいる彼らはもはやゆるがない。

それに宮司が言ったとおり、自分たちはきっと何度道を分かたれ遠くはなれても、惹《ひ》かれあって結ばれるようにできている。だからどちらかを消すしかない。これはおひれさまと島のひとびとの因縁《いんねん》を断つための、やむをえない選択なのだ。

断崖の下に、泡《あわ》をはらんだ波頭がいくつもあらわれては消える。

波の音がこれほど恐ろしく耳に響いたことはない。自分を呑み込まんとしてうち寄せる無数の波飛沫《なみしぶき》が、島に巣くっているひとびとの深い欲望の権化《ごんげ》のように見えて吐き気がしてくる。

(夏美さん……)

柚希は夏美に目ですがる。

しかし夏美は無慈悲《むじひ》にかぶりをふった。ぎらついたそのまなざしは、因縁を断つという固い信念に満ちている。

一方で、どこか迷いもあり、ものがなしくも見えた。

そしてそれは宮司もおなじだ。これがなんのための一幕なのか。大昔から舟にのせて捧げられてきた赤子の命も、ほんとうに海の神に必要だったのか。島のひとびとがほんとうに恐れている祟りの正体とはいったいなんなのか――。

まだ死にたくない。

まなじりに涙が滲《にじ》んだ。かなしみではなく恐怖だった。

断崖で逆巻く潮風に頬《ほお》をあおられる。

この高さから落ちれば、まちがいなく溺《おぼ》れ死ぬ。水着ならともかく、こんな布団みたいに厚く重い花嫁装束《しょうぞく》を身に着けて海中に沈んだら——。

すでに息が苦しい。恐怖のあまり声も出ない。潮をはらんだ波の飛沫が鼻腔《びこう》にまで届いてひりひりする。気道が焼かれるかのようだ。

そのとき、

「やめろ！」

明人の声が響いた。ふり返ると、明人がいた。

「柚希を殺してどうなる。あなたが一番、しきたりに囚われているんじゃないか」

儀式場のありさまを見てさぞ驚いただろう。声を張りあげる顔は青ざめている。

「明人くんか」

宮司がいったん目を閉ざした。

だしぬけに、巫女《みこ》役だった夏美の娘が泣きだした。良心の呵責《かしゃく》に耐えかね、限界を迎えたのか。

宮司は嘆息《たんそく》し、しみじみと明人を見つめた。

「私はきみの祖父が網元《あみもと》をやめ、人魚の漁業権を我が家にひき渡した理由がよくわかるよ。

不漁のたびに、網子や本土の有力者たちから恐れや不満を訴えられる。無辜《むこ》の命を捧げる残忍な儀式にも加担させられる。高階《たかしな》家はこの役目を、ずっと何代にもわたって担《にな》ってきた。だが、人魚の利にたかるひとびとのために富の代償を背負い、秘匿《ひとく》してゆくのがばかばかしくなったんでしょう。私も同感や。高階家の選択は正しかった。人魚漁など、すべきではないがや」

痛みをこらえるような宮司の苦しげな目を見て、柚希は気づいた。

（ああ、そうか……）

もううんざりなのだ。島守の夫婦のかなしみを受けとめるのも、漁師たちの――ひいては顔の見えない有力者たちの不満に応えるのも。

だから、なにがなんでも終わらせたいのだ。自由になりたいから。

おひれさまは島に富をもたらす存在かもしれないが、それによって決してみなが幸せになれるわけではない。守子に選ばれたくなかった柚希や、金に執着がない宮司にとってはむしろ呪わしい存在でしかなかった。

宮司は夏美に目配せした。強い覚悟と妄念だけに衝《つ》き動かされた、鋭くも脆《もろ》いまなざしだった。

次の瞬間、どんっと背中に強い衝撃が走る。

「や……っ」

島のために、ごめんね。

耳元で詫《わ》びる声がした。いまにも泣きだしそうな、はかない声。

なにも好んでひとの命を奪うのではない。さつきを殺《あや》めた漁師たちだって、島のため、苦悶《くもん》の末に仕方なく手を下したのだ。

夏美にも、気が遠くなるほど多くの葛藤《かっとう》があったのに違いない。赤子の取り替え劇に手を貸し、惟子を弔《とむら》い、真実をひた隠しにしてきた二十数年間。祥子によりそい、罪をかえりみて、自分はまちがっていたのではないかと何度も自問をくりかえし——、答えの得られない夜に幾度も苦しんだのだろう。ひとには心があるから。

この先も、柚希の背を押したことを悔《く》やみながら生きていくのだろうか。

でも、島の因習を断つためにはやむをえなかったのだ。

ほんの一瞬だけ、柚希はまなじりで明人の姿をとらえた。最後に目が合った。

ずっと忘れられなくて、お守りみたいに想いつづけてきた相手だ。

守子どうし、心惹かれてしゃあないやろ？

八重子の言葉が脳裡《のうり》によみがえる。

明くん。わかったよ。どうしてあなたにこんなにも惹かれるのか。

明くんがほんとうの、島守の相手だったんだって。

けれど視界はゆらぎ、気泡《きほう》があふれる水面に変わった。耳と鼻が、つんと圧迫された。

海中へ落下したのだとわかった。

からだを覆《おお》う白無垢《しろむく》が潮水を吸い込んで、みるみるかさと重みを増しゆく。

二度と泳げないよう、水底に手足を沈める錘《おもり》に変わってゆく。

ああ、きっと罰《ばち》があたったのだ。

わたしは守子に決まったときから、ただの一度も島のために生きるという考えを持たなかった。父たち漁師が採った魚や海藻を食べて育ったこのからだは、島の恵みによって作られているのに、感謝のひとつもしてこなかった。ただひとびとを恨み、蔑《さげす》み、この呪いの島の軛《くびき》からはなたれて自由になることばかり考えていた。

守子に選ばれて不幸な自分には、それが許されるのだと思っていたのだ。

みんなだれかのために、なにかを犠牲《ぎせい》にして生きている。つらいのは自分だけではない。

あたりまえのことなのに――。

息が苦しくなってきて、口から気泡があふれた。

このまま、罰を受けて死ぬべきなのだろうか。

けれど息をつめ、すがるように目をあけると、夜明け前の空のような深く青い闇がひろがっていた。

月明かりに照らされて、水底から海面に向かって淡くグラデーションを描いている夜の海。

ああ、これが、さつきが見た瑠璃《るり》色の闇ではなかったか。


溺《おぼ》れかけるとね、水から這《は》いあがればいいって思うでしょ？　でもからだが頭まで沈んでると、どっちが上でどっちが下かわからなくなるの。もがいてももがいても、それがどこに向かってるのかわからない。それで、力尽きてしまうのよ。でもあたし、そのとき見たの、瑠璃色の闇を。その闇から生まれたたくさんの気泡が一方向に流れていくのが見えた。そいつについていけば、水から這いあがって生きられるって思ったの。

無数の水沫《みなわ》が、視界をよぎって、ある一方向に流れてゆく。

彼女が言ったとおり、流れの果てに、月明かりに薄ぼんやりと照らされた水面が見えた。

さつきは、生きようとしたから見えたのだ。この瑠璃の闇が。

海中にこぼれた月明かりと、水面に向かってたちのぼってゆくたくさんの泡粒。

柚希はそれらを追ってもがいた。

明人が守子だったのなら、共に生きて、島に尽くせばよかったのではないか。

けれども、明人は島守にはならないと言っていた。

きっと自分たちは、許嫁《いいなずけ》同士だったとしても、しきたりに背いて島を出たのにちがいない。

それにこのままわたしが死んだら、翔真や美玖も不幸になる。祟《たた》りのせいだとこじつけて、またいつか、おなじことがくりかえされるだけだ。

生きるのだ、祟りなどないことを証明するために。わたしは生きねばならない。

さつきが教えてくれたことを無駄にしないためにも。

柚希は必死にもがいた。島の呪縛《じゆばく》から逃れるように。

けれど水面は遠かった。鉛《なまり》のごとき重さの白無垢がからだにはりついて、手を動かすことさえままならない。息は苦しくなるばかりだ。

口からあふれたわずかな水泡を見送り、ふたたび力尽きそうになったそのとき。

とうとつに帯がゆるんだ。帯紐がほどけたようだ。

なぜ。

次いで白打掛《しろうちかけ》が剝《は》がれ、からだが一気に軽くなった。

ふたたび目をあけると、瑠璃色に染まった打掛がゆっくりと自分から遠ざかって沈みゆくのが見えた。

なにものかが帯をほどき、掛下《かけした》の襟元《えりもと》に手をかけている。

（手……？）

掛下も脱がされ、からだはさらに軽くなってゆく。

衣を剝ぐ小さな手には水かきがあった。目を凝《こ》らすと、ゆらぐ水の向こうに見えた。ひとの上半身を持つ瑠璃の鰭《ひれ》の魚が。長い黒髪を春の柔らかなわかめのようにたゆたわせて。

小さな頰《ほお》には、斜めに切りつけられた傷がある。

（……………！）

あの子だ。昔、網から逃してあげた人魚。

おひれさま。

目が合うと、人魚はにやりとほほえんだ。いびつな笑みだった。ぎざぎざの歯が、小さな口からわずかにのぞいたせいだろうか。

あのときの恩返しだと思いたいが、実際はわからない。
身軽になった柚希は、力いっぱい水を蹴《け》ってゆれる水面を目指した。
さつきが教えてくれた瑠璃の闇の、水泡の集まりを道しるべに。
暗く深い水底に沈まぬように。
その手を力強いだれかの手がつかみ、月明かりのもとへ引き揚《あ》げてくれるまで。

# 終章

柚希《ゆずき》は診療所のベッドで目覚めた。

夜中だったが父と母が枕元にいた。無事を告げるとほっとして、ふたりとも泣きだした。

父の泣き顔を見たのは、生まれてはじめてだった。

柚希が舟で陸《おか》に運ばれたとき、瑠璃ケ浜《るりがはま》は騒然としたらしい。白無垢《しろむく》を着て祠《ほこら》に向かったはずの島守《しまもり》の花嫁が、肌襦袢《はだじゅばん》一枚の姿で全身ずぶ濡れになって気を失っていたのだから無理もない。

海中で大量の水泡《すいほう》を見たのは、明人《あきと》が自分を助けるために飛び込んできたからだった。

明人がいなかったら、柚希は自分を見失ったまま大量の潮水を飲み、溺死《できし》していただろう。

海中転落についてはただの事故だったと言い張るつもりでいたが、すでに宮司《ぐうじ》がことの経緯を自白していた。

八冨水産《やとみすいさん》が原料を提供している健康食品〈海宝の雫《かいほうのしずく》〉の成分の一部偽造について。

その原料となる人魚の肉の存在、人魚を巡る古くからの島のしきたり、人魚の漁業権は宮司を務めてきた大河内《おおこうち》家が握り、高階《たかしな》家に代わって一切を管理支配してきたと。

さらに、遠野《とおの》さつきを殺害したのも自分だと証言した。

宮司が偽りを交えて自白し、すべて背負って自首したかたちだ。

柚希は母から、宮司の証言どおりだと主張するよう命じられた。

父はもうなにも責めてこなかった。宮司から、島守の制度はこれを機に取りやめにすると宣言され、肩の荷が下りたという。

翔真《しょうま》との結婚が儀式だけのものだったと知った島民たちは、当然、このなりゆきをおひれさまを欺《あざむ》こうとした祟りだと囁《ささや》きあった。

柚希と翔真と明人に、それぞれ非難の声もあがった。

だがもう、なにを言われようが柚希は怖くなかった。

島民の声は、遠くの雑木林で鳴いているセミの鳴き声とおなじだった。耳をすませば常にどこからか聞こえているが、聞こうとしなければまったく耳に届かず、気にならないのだった。

柚希はその後、大学卒業して本土のデザイン事務所に就職した。

明人は大学院を卒業したのち、国立研究機関の研究職についた。

さらに数年後、ふたりは結婚し、子宝にも恵まれた。

上の子が小学校にあがる前に、海のない土地に家を買い、引っ越すことになった。

引っ越しの数日前、柚希はふたりの子供におやつをあげてから明人と荷造りにとりかかった。

クローゼットの上に置かれたままの箱をひきずりだし、床でひろげてみた。新婚のころに実家から持ち出したものを詰めこんだ箱だ。

アルバムやメッセージカードや半端になった外貨、それに壁に飾ろうと思っていた自作の絵画。子供が生まれてからは忙しくて、結局、この箱の中のものをゆっくり眺めるような日は一日もなかった。

天沼島《あまぬまじま》の実家には、さつきを弔《とむら》うため、盆にしか帰っていない。明人の仕事が忙しいのもあるし、子連れで飛行機と電車を乗り継いでいくのは骨が折れるからだ。

ただ子供は、高階家の広く古い家屋で祖父母たちと過ごし、海でのびのびと遊ぶのが楽しいようで、しきりに島へ遊びに行きたがる。

人魚についてや島守のしきたりについては、もちろん一言も話していない。

箱に入っていたキャンバスボードの包みから、一枚のハガキがひらりと落ちた。

ハガキには小さな娘をふたり抱いた翔真と、大きなお腹を抱えた美玖《みく》が遊園地らしき場所で仲よく写った写真が載っていた。少し前のものだ。いまはもう三人目の子も産まれて、さらににぎやかになったと聞いた。

人魚漁に関しては、一時、外部との取引がとりやめになった。しばらく漁も控えていたようだったが、ここ数年でふたたび人魚肉の売買だけは再開したらしいと聞いた。翔真いわく、瑠璃ヶ浜一帯の海の環境を保つため、漁獲量は最小限にとどめているという。

布にくるまれたキャンバスボードをひろげてみると、海の絵がでてきた。

「海……」

大学四年の夏に描いた、海中をあらわした絵だ。

あの婚礼の儀の夜の記憶をもとに、さつきが教えてくれた瑠璃の闇を背景にして、大小の無数の泡《あわ》が水面にのぼるところを抽象的に描きだした。

教授からは、水泡の集まりが生き物に見えたようで、母なる海ですねと評された。

あの夜、瑠璃の闇の海から生まれ直したのだと思えば、あながちまちがってもいない。

「なつかしいな。新居に飾ろうか」

横から絵をのぞきこんで、明人が言った。

下絵を描いたのは、彼の家のはなれだった。誘われるままにキャンバスボードを持ち込んで、戯《たわむ》れあいながら絵を描いた。まだ若くて、島から自由になりたての、ふたりだけのはじめての夏だった。

「合うかな?」

「うん。階段の壁なら空間がひろくて映えるんじゃないかな」

派手さはないものの、静かで希望に満ちた絵だと自分でも思う。

「これなに？」

そばにやってきた五歳の長男が、かりんとうをポリポリと食べながらたずねてくる。

「海の中だよ」

「ばあばの島の海？」

「そう。このたくさんの丸いのは泡ね」

「おさかなはいないの？」

下の子も寄ってきた。

「うん、夜だから、岩や海藻の陰で寝てるのかな」

「泳ぎながら寝る魚もいるんだよ」

「泳ぎながら寝られるの？」

「右と左の脳ミソを交代に眠らせることで泳ぎ続けられるらしい。止まると息ができなくなるからがんばって泳ぐんだよ」

明人が教えると、息子は目を丸くした。

「ぼく、おとなになったら海ではたらくひとになりたい。おさかなとりたい」

「…………」

柚希は明人と目を合わせた。漁師になりたいというのか。

都会育ちで、漁村の風景を目にしたのはまだ数えるほどだから、まさかそんなことを言い出すとは思わなかった。

「海でお仕事するのは大変だよー」

柚希は息子の小脇をくすぐって笑わせ、会話をはぐらかす。

子供の夢なんかころころ変わるから、きっとじきに忘れるだろう。

「まずは泳げるようにならないとな」

明人は笑いころげる息子のお腹を一緒にくすぐってから、ふたたび荷造りに戻る。

明人もおなじことを思っただろうか。ふだんどおりの表情から、本音をうかがうことはできない。

柚希はキャンバスボードを布で包みなおし、引っ越し用の箱のほうに片付けにむかった。

天沼島の海で息子が遊ぶ姿を見守るたびに思う。

ほんとうは贄子《にえこ》として、あの海に捧げられるはずだった子供。

いつかこの子は島に引き寄せられ、おひれさまに召されてしまうのではないか。

かつて、さつきが海に呑《の》まれ、帰らぬひとになったように。あの婚礼の儀の夜、海中で人魚が自分を助けたのは、贄子を産ませ、あの海に捧げさせるためではなかったのか。

考え方によっては、そう結論づけることもできるのだ。

島守だった八重子《やえこ》が言っていた。

守子《もりこ》のふたりはな、たとえどちらかが島を出たとしても、その先でまた一緒になって、島守の責務をまっとうするようにできちゅうそうよ。それが、おひれさまが定めためぐりあわせながやって。

自分たちは結局、あの島の因縁《いんねん》からは逃れられないのではないか——。

「ゆず……」

手をとられ、我に返った。積みあげられた箱の前で立ちつくしていた。

「大丈夫だよ。僕たちの代で終わりにするんだから」

明人はほほえんでいた。

「うん」

明人が言うことはいつも正しい。だから、心配はいらないはずだ。

そう言い聞かせる。

瑠璃の闇のなかで、人魚が見せたいびつな笑みが忘れられない。ひとともつかない面《おもて》に浮かんだ不安定な笑み。あれが救いだったのか、あるいは呪いだったのか、いまだにわからない。

でも、だからこそ今日を生きているのだ。それを見届けるために。いつかふたりで、なんでもなかったのだと笑える日を迎えられるように。

自分を救おうとしてくれたさつきのためにも――。

柚希はあたたかい明人の手を強く握り、ほほえみ返した。

※この作品はフィクションです。実在の人物・団体・事件などにはいっさい関係ありません。

集英社オレンジ文庫をお買い上げいただき、ありがとうございます。
ご意見・ご感想をお待ちしております。


●あて先
〒101-8050　東京都千代田区一ツ橋2-5-10
集英社オレンジ文庫編集部 気付
高山ちあき先生


# おひれさま
## 〜人魚の島の瑠璃の婚礼〜


集英社
オレンジ文庫

2024年7月23日　第1刷発行

著　者　高山ちあき
発行者　今井孝昭
発行所　株式会社集英社
〒101-8050東京都千代田区一ツ橋2-5-10
電話【編集部】03-3230-6352
【読者係】03-3230-6080
【販売部】03-3230-6393（書店専用）
印刷所　大日本印刷株式会社




ISBN 978-4-08-680569-8 C0193

集英社オレンジ文庫

# 高山ちあき

異世界温泉郷
## あやかし湯屋の嫁御寮

ひとり温泉旅行を満喫していたはずの凛子は、気がつくと不思議な温泉街で狗神の花嫁に!? 離縁に必要な手切れ金を稼ぐため、下働き始めます!!

異世界温泉郷
## あやかし湯屋の誘拐事件

箱根にいたはずが、またも温泉郷に!? 婚姻継続していると聞かされ、温泉郷に迷い込んだ人間の少年と一緒に元の世界に戻ろうと思案するが…？

異世界温泉郷
## あやかし湯屋の恋ごよみ

元の世界に戻る意味やこの世界の居心地の良さ、夫への恋心に思い巡らせる凛子。そんな中、亡き恋人の子を妊娠した記憶喪失の女性を預かって!?

好評発売中

【電子書籍版も配信中　詳しくはこちら→http://ebooks.shueisha.co.jp/orange/】